L'ANNEAU

DE PAILLE

PAR

HIPPOLYTE BONNELLIER.

II

PARIS,

Ollivier, éditeur.

—

1836.

L'Anneau de Paille.

L'ANNEAU

DE PAILLE

PAR

Hippolyte Bonnellier.

II

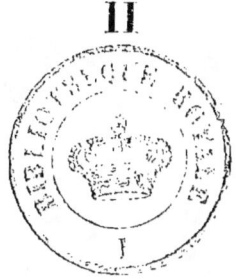

PARIS,

Ollivier, libraire-éditeur,

33, RUE SAINT-ANDRÉ-DES-ARTS.

1836.

LA RENCONTRE.

I

Les amis de l'étude aiment à déblayer les décombres du passé, à élaguer les alentours des
vieux pans de murailles, débris d'un monument; et lorsqu'à l'aide d'une chronique, bous-

sole de l'historien, ils retrouvent le squelette
d'un homme historique, les ruines d'un édifice
consacré par un vieil événement, même la physionomie morte d'un lieu autrefois célèbre, leur
joie est grande!

J'ai ressenti, il y a peu de jours, une joie bien
naïvement expansive. Il existe, dans le quartier
de l'Arsenal, un bon vieux bourgeois, veuf depuis
soixante-un ans; depuis soixante-un ans, dit-il,
maître de lui - même et livré sans contradic-
tion à tous ses goûts; et de toutes les jouissances
permises à un si long usage de sa liberté, car,
obscur et indépendant, il a su la pratiquer à
petit bruit, en dépit des systèmes des gouvernemens, de toutes ces jouissances qui ont égayé
sa vie, il ne lui en reste que trois :

Au 25 avril, date commémorative d'une fête
de son cœur, il change un petit myrte qui orne
sa fenêtre; le dimanche des Rameaux, il re-
nouvelle le gros bouquet de buis béni suspendu

au-dessus de son chevet, au-dessous d'un petit
bénitier en faïence ; et en toute saison , et à toute
heure de la journée , il se promène autour d'une
table carrée, qui est montée sur deux tréteaux :
sur cette table, le vieux Paris en relief ; c'est
l'ouvrage d'un sieur *Violet*, ouvrier du potier
Bernard Palissi ; au-dessous du nom de *Violet,*
on voit ces chiffres romains : M. C.

Par quelle succession d'événemens ce précieux travail est venu, de 1552 en 1835, entre
les mains de ce vieux veuf ? je ne sais, car il l'i-
gnore lui-même ; il raconte seulement qu'en 1703,
un aïeul de sa mère en fit l'acquisition à Arles,
où il était potier en faïence, et le rapporta à
Paris.

Le digne bourgeois dont je parle (je lui accole
cette épithète, bien qu'il ait été, il y a cinquante
ans, huissier au Châtelet.... mais en ce temps-
là on n'achetait pas les basses charges à un prix
si exorbitant, qu'il fallût, comme aujourd'hui,

les exercer en fripons pour y vivre honorablement); le digne bourgeois, lorsqu'il était encore
jeune, aimait déjà le vieux Paris! Le mois dernier, il a eu quatre-vingt-sept ans; il marche
encore, et chaque jour il fait sa ronde devant
le Paris de Henri II.

Béni soit l'ami qui m'a conduit chez ce vieillard! j'ai passé deux grandes heures à contem-
pler ce miracle de patience, d'exactitude et
d'adresse; la capitale de la France, représentée
à l'époque où Henri II, la trouvant trop grande,
lui imposa une nouvelle enceinte; Paris, avec
les mouvemens de son terroir, et ses ponts, et sa
rivière, et ses églises, et ses places, et ses fon-
taines, et ses hôtels, et ses gibets, et son vieux
Louvre, et ses Tournelles, et tout cela distinct,
ayant forme de vérité et de ressemblance; et ces
charmantes *figurines* grandissant dans mon imagination, prenant leur hauteur habitable et naturelle; et moi, me plaçant sur la vieille place

Sainte-Geneviève, l'église à ma gauche, derrière moi la petite maison classique du barbier Vancourt, et devant moi la petite maison historique où, jours de congés, se réunissaient les grands écoliers de Presle, de Navarre, de Laon, de Montaigu, pour y fronder, pour y juger les professeurs, recteurs et doyens, les abbés, les moines, les capitaines, les généraux, les cardinaux, les femmes, les princes, le parlement, le roi et la reine.

C'est à l'une des fenêtres de cette petite maison, à l'enseigne de *Saint-Julien-le-Pauvre*, que j'ai placé les deux écoliers témoins de l'insulte faite par un archer ivre à la dame Marguerite de Melborne et à sa suivante Maguelone.

Il y avait cinq jours que la sœur du baron de la Bourcadière était installée à Paris; voilà qu'un dimanche soir, nuit venue, deux jeunes gens qui sortaient de ladite maison de Saint-Julien-le-Pauvre, heurtèrent, au beau milieu de la place

Sainte-Geneviève, une femme de petite et fine taille, ayant une marche égarée et laissant entendre, avec un murmure de mots plaintifs, des soupirs et des sanglots.

« Prends donc garde, Baptiste ! peu s'en est fallu que, par la rudesse de ton coude, cette créature vînt à choir sur ce pavé mal enraciné !... Baptiste, viens ici ; laisse courir cette enfant... — et celui qui parlait saisissait, pour le retenir, le bras de son camarade.

— Je te dis, Anastase, que celle qui marche ainsi de droite et de gauche, voudra bien de Crocoëzon pour la conduire en droite ligne.

— Fi ! Baptiste ! c'est quelque folle de son corps....

— Tant mieux ! l'heure est bonne, et nous sommes au mois de juin ! » Disant cela, Baptiste Crocoëzon donnait une secousse du bras, se débarrassait des mains d'Anastase Beauchêne, et suivait à la piste, à travers l'obscurité, la fillette fugitive. Lorsqu'il l'eut rattrapée, il lui dit cavalièrement :

« Ohé! la belle; vous n'êtes ni *sachette*, ni échappée de la *maison des pies!*... Où courez-vous, à cette heure? »

La jeune fille, confiante comme la parfaite innocence, s'arrêta, et d'une voix pleine de larmes :

« Hélas! mon jeune Seigneur, je vais en quête d'un médecin ou d'un physicien; ne pourriez-vous me conduire en la demeure de quelqu'un d'eux?

— S'agit-il donc de mort, ou seulement de maladie?

— C'est la digne sœur du baron de la Bourcadière qui vient de tomber en syncope... peut-être mourra-t-elle, si vous ne me conduisez où je vous dis!

— Par sainte Marine! — s'écria Anastase Beauchêne, qui avait rejoint son ami; — seriez-vous la fille suivante qui, il y a deux mois, fut accostée, renversée, presque embrassée, sur cette même place, par un soudard ?

— Vrai Dieu! c'est bien moi, Messire; mais ne laissez pas mourir la dame de Melborne!

— Nous n'avons mission ni pour tuer, ni pour guérir, mais pour retirer les jeunes filles de la peine; bien qu'il se fasse tard, et que *M. Ramus* soit un vilain grondeur en temps de pluie, nous allons, sans plus de façon, vous indiquer le logis de maître *Michel de Monceaux*, doyen de la Faculté.... ce n'est pas très-loin....

— Hélas! sainte Vierge, arriverons-nous à temps! — dit la jeune fille avec angoisse.

— Commençons par aller à lui, — reprit Anastase. — Poulette, passez votre bras droit au bras solide de l'ami Crocoëzon, je prendrai votre bras gauche.... vous marcherez ainsi sans craindre ni heurt, ni chute; et tout en marchant, tout en devisant, j'écouterai ce que dira votre petit cœur.... Sang-dieu! il bat comme celui d'une tourterelle!

— Messire, je suis une pauvre honnête fille, — dit Maguelone avec sévérité, et cherchant à s'éloigner d'Anastase.

— Allons, allons! — répliqua le jeune écolier, — mes doigts n'ont qu'effleuré le corsage.... d'ailleurs, vous avez raison, petite; souvenir de mort rend honnêtes les plus mécréans.... et rend muets les plus bavards.... Tu ne dis mot, Crocoëzon?

— Je songe à part moi, si le portier de monsieur Laramée ne nous laisserait pas, pour quelques deniers, passer trois devant son guichet, au lieu de deux.

— Mauvaise pensée, Baptiste! — dit vivement Anastase. — Et, vois-tu, le gingembre de Rabelais te monte au cerveau!

— Eh! — fit Crocoëzon persistant dans son pantagruélisme, — m'est avis que la couchette d'un écolier est, en certain cas, le meilleur *jardin de santé !*

— Horreur, Baptiste, de profiter de la nuit pour faire rougir une pauvre jolie fille ! j'en adjure les yeux de ta mère, qui fut honnête femme; je sens que celle-ci va glisser à terre, par effarouchement et douleur... . Ne craignez, enfant; Crocoëzon est un rude et bon diable.... il honore Pantagruel, voilà tout.... ne craignez. »

Maguelone, un peu rassurée par ces honnêtes paroles, dit d'une voix émue :

« Arriverons-nous bientôt?

— Le temps de dire trois *ave.*

— Je vais les dire, — répondit la fille ingénue de Jean Gabiou.

— Non pas ! — s'écria Crocoëzon; — gardez vos *ave* pour l'heure soporifique, et dites-nous plutôt quelle fortune vous conduit nuitamment à Paris?

— Je suis la fille suivante de la dame de Melborne, qui, depuis cinq jours, habite en la rue Bordet.

— Bah! vous avez quitté le manoir et la forêt!

— Mais, mon dieu, Messire, seriez-vous si savant que le grand *Michel de Nostredame?* D'où me connaissez-vous?... d'où savez-vous mon accident en la place Sainte-Geneviève?

— C'est nous, — répondit Anastase, — qui avons renversé le soudard....

— Vous! — interrompit Maguelone avec une expression qui devait se reproduire sur son visage, mais dont la nuit voilait la bienveillance.

— Nous, — reprit Crocoëzon, — qui avons porté l'archer dans la mare à Vancourt, pour qu'avec l'eau de savon et l'eau de canard, il pût se purifier de son odeur de cardinal.

— Nous, — reprit Anastase, — qui, sur une mule louée par le barbier, nous sommes présentés dans la forêt aux regards de la dame du manoir, d'un moine frénétique et d'un pâle muguet.... Quel est ce muguet? — demanda Beauchêne avec une reprise intentionnelle.

— C'est le fils du seigneur de la Bourcadière...

— Et l'ami d'une jolie Maguelone, — ajouta Anastase.

— Oh! Messire! — fit Maguelone.

— Pouvez rougir, jeune fille, je ne le verrai pas.

— Sur mon front, Messire, rougeur dit vérité; et vérité est que mon âme est pure de tout attachement qui ne serait pas pour Dieu et pour mon père.... Mais cette route est bien longue! n'arrivons-nous pas?... Mes Seigneurs, vous ne voudriez point me tromper, vous qui m'avez secourue en un grand péril!

— C'est ici! — dit Baptiste Crocoëzon. — Le doyen boit ou chante à cette heure, car nous sommes encore au dimanche! s'il n'est pas sourd, s'il n'est pas ivre, il va venir! »

Et de la sonnette et du marteau, Crocoëzon faisait gémir les arceaux intérieurs de la vieille maison. Un guichet s'ouvrit :

« Qui demandez-vous, truands?

— L'illustre Michel de Monceaux.

— Il dort.

— Tu mens, vieux *rebut* médical, vieux chercheur de *pharmaques!*... Par la cruche en laquelle tu te plongeais tout-à-l'heure, ta langue a mal tourné !

— Allez vous coucher, écoliers tondus! » répliqua le gardien, en repoussant la porte du guichet.

La cloche et le marteau recommençaient de plus belle à appeler au secours : une fenêtre du premier étage s'ouvrit, et une voix nasale et notée, véritable voix de doyen, interpella ceux de la rue.

« Que voulez-vous à Michel de Monceaux, promeneurs turbulens?

— Docte doyen ! — dit Crocoëzon en modifiant sa gaîté, — c'est une dame qui se meurt...

— Je n'administre pas le viatique.

— Possible que si, — pensa le malin écolier.

— Non, illustre Michel, — reprit-il avec contrition ; — mais au contraire, rendez la vue aux aveugles, les jambes aux paralytiques et la santé aux mourans.

— Monseigneur ! — cria Maguelone, — Monseigneur ! pitié et secours ! c'est une noble dame qui vient de tomber en syncope.... c'est la sœur du sire de la Bourcadière....

— Vraiment ! — dit le doyen ; — ne mens-tu pas, petite voix de flûte ?

— Par le salut de mon âme, je ne mens pas, car je pleure.

— Cela étant, je vous rejoins. — Par saint Côme, la sœur de l'ami du duc de Guise ! c'est de la chair à doyen !... La grande maison, à l'enseigne des *Trois-Rois*, que j'ai achetée pour les écoles , n'est point payée, et si je puis obtenir la guérison de la dame, le la Bourcadière fouillera dans l'escarcelle du Lorrain. »

Il achevait cette spéculative réflexion, lorsqu'il parut dans la rue, suivi de deux valets portant des lanternes et des bâtons.

« A donc, — dit Anastase à l'oreille de la jeune fille, d'une voix timide et polie, — vous voilà, petite Maguelone, sous la garde d'un savant et de deux estafiers de la science... Allez gentiment où vous attend votre malade; Crocoëzon et moi nous allons, à grandes enjambées, regagner le collége de Presle, de peur que Ramus ne nous retienne la sortie du premier dimanche.... et si votre cœur est aussi bon que votre visage est joli, à l'heure où vous dites, en votre retrait, les patenôtres qui font bien rêver, dites, en récitant *amen*, le nom d'Anastase Beauchêne, écolier. »

Maguelone profita de la clarté des lanternes

pour dire merci du regard, et elle s'avança afin de montrer le chemin au doyen. Au détour de la rue, elle entendit une voix pleine et sonore qui chantait à grand chœur un refrain en l'honneur de Ramus. Le couvre-feu venait de sonner: faire si bruyante musique, c'était commettre un délit; mais Baptiste Crocoëzon, qui savait la loi, s'en souciait peu.

LE CHARIVARI.

II

Il était vrai ; la dame de Melborne venait
d'être frappée subitement d'une congestion cérébrale, dont le terme scientifique, usité dans,
ce temps-là, échappe à mon ignorance. Ses ser-

vantes, la voyant tomber sur le parquet, avaient couru, épouvantées, chercher du secours où leur instinct les poussait.

Lorsque Maguelone rentra au logis, personne n'avait encore relevé ni secouru la digne dame Marguerite ; les valets de Michel de Monceaux s'y employèrent, et la portèrent sur son lit. En reprenant connaissance, la pauvre malade poussa un grand cri de détresse ; elle s'apercevait que ses membres étaient frappés de paralysie, que même l'inertie et l'empâtement de sa langue altéraient chez elle l'organe de la parole.

Maguelone, à genoux devant son lit, laissait éclater son désespoir.

Le doyen de la Faculté de Médecine tira du sang, donna les ordonnances convenables, et se dit, en se retirant :

« Je crains bien de ne pas gagner sur ce cadavre le prix de ma maison des Trois-Rois. »

Là, se résume le dévoûment des professions philanthropiques.

Le lendemain matin, le baron de la Bourca-dière et son fils accouraient vers la rue Bordet; et, avec une sollicitude véritablement filiale et fraternelle, ils prodiguèrent à la dame de Melborne les soins que réclamait sa douloureuse situation. Timoléon dut rester auprès de sa tante; le duc de Guise avait permis cette nouvelle absence de son page, et il paraissait être dans la destinée de celui-ci d'être éloigné de la cour par les circonstances les plus impérieuses.

Comme il était à-peu-près guéri de ces trans-ports d'amour sans jouissance et sans réalité, qui l'avaient attaché à Marie Stuart, il ne se doutait pas que la dauphine de France, chaque nuit, pendant le sommeil léthargique et mala-dif de son époux, descendait doucement de sa couche, les chairs toutes glacées par le dégoût, et allait s'agenouiller sur le coussinet d'un prie-dieu, demandant à *ce saint* Timoléon, *dont elle était malade*, (1) de venir occuper les heures de son insomnie.

La réaction, inévitable conséquence de tout sentiment, de toute chose poussée à l'excès, la réaction se faisait sentir dans l'âme du fils de la Bourcadière ; il cessait de désirer et d'aimer ce que sa pensée cessait de poursuivre ; il n'avait pas la douceur du passé pour entretenir un amour que ne nourrissait plus l'espérance ; et après avoir beaucoup souffert, son imagination refroidie, n'ayant plus d'efforts à lui conseiller, il se trouvait sous l'influence de cette condition réactive, qui rend la tranquillité aux tempéramens les moins froids, jusque là que, pour éprouver de nouveaux désirs, il leur faille un nouvel objet.

Ce que n'avait pu effectuer la coupable pré-

(1) *Traité des Superstitions.*
DE THIERS.

méditation du baron, se réalisa au moment le moins attendu.

L'assiduité de Maguelone au chevet de Marguerite de Melborne, rivalisait avec celle de Timoléon ; la simultanéité de l'empressement du neveu et de la suivante auprès de la digne malade, la fréquence de leurs rapports, de leurs causeries, finirent par éveiller chez le jeune gentilhomme un sentiment de plaisir et de bonheur, lorsqu'il regardait, lorsqu'il écoutait la fille de Jean Gabiou. Cette enfant, depuis qu'elle était attachée au service de la dame Marguerite, avait cédé à son instinctif penchant pour le poli des mœurs, du maintien et du langage ; fleur réellement exotique au milieu de la rude végétation des forêts, il lui avait manqué, sous sa cabane de chevrière, pour que sa grâce fût parfaite, un terroir moins âpre et moins inculte ; mais une fois transplantée dans des lieux plus conformes à sa nature, elle laissait sa tige flexible

reprendre sa naturelle élégance ; elle se vivifiait
de tout ce qui pouvait s'harmonier avec la déli-
catesse de ses organes ; elle se colorait au ton des
fleurs les plus précieuses, les plus recherchées ;
et, chaque jour davantage, elle complétait ce
témoignage déjà énoncé : que la Providence peut
se complaire à démentir l'orgueil des castes ex-
clusives et privilégiées, en répandant tous ses
dons sur un être d'une condition infime et dédaignée.

Aussitôt que le jeune la Bourcadière eut ouvert les yeux sur ces séduisantes perfections, il
les regarda avec d'autant plus de hardiesse, qu'il
se ressentait de la présomption acquise auprès
d'une reine : la vanité lui donna ce qui lui manquait en habitude ; et, avec son admiration, se
manifesta, sans tarder, le désir et le mot qui sert
à l'exprimer.

Un soir, la dame de Melborne sommeillait,
enveloppée dans ses rideaux de damas rouge ;

Maguelone, assise à quelques pas du lit, passait à petit bruit des écheveaux de laine au dévidoir; Timoléon, placé devant elle, et comme elle sous la clarté de la seule lampe qui éclairât la chambre, lisait une des *cent Nouvelles de Boccace, translatée en français par maistre Laurens du premier-fait...* Tout-à-coup il abaissa son livre parcheminé, et, disposé par sa lecture, à des pensées amoureuses, il regarda d'un œil brillant la fille suivante de dame Marguerite, et lui dit à demi-voix :

« Sais-tu bien, petite Maguelone, que les aventures décrites en ce livre ont mille fois plus de charmes, lues auprès d'une jolie fille comme toi ! »

La jolie fille ne répondit rien ; lui se leva, mit son livre sur le pliant en tapisserie, qui lui servait de siége, prit le pliant à deux mains, et le porta, en marchant sur la pointe du pied, tout auprès de la dévideuse : en se rasseyant, il se trouva n'avoir à faire qu'un léger mouvement de tête pour effleurer de ses lèvres le virginal bandeau des cheveux de Maguelone. Cette démonstration presque évidente ne fut pas comprise, parce qu'elle était la première qu'il eût encore osée ; Maguelone sourit et chercha à se reculer, lui la retint.

« Je te dis, petite, que ce M. Boccace, m'a tout énamouré pour tes beaux yeux.

— Merci à M. Boccace, — fit Maguelone avec finesse.

— Et merci à toi, de me présenter, ainsi que tu le fais, la vivante image des beautés dont il peint les amours ! »

Maguelone, rougit ; son visage prit une expression sérieuse, son doigt se plaça sur sa bouche, et son regard montra le lit de la malade : Timoléon pensa qu'elle réclamait de la prudence.

« Ne crains rien, sommeil de paralytique est pesant et prolongé.

« — Le page de monseigneur de Guise parle en frère de Saint-Côme, — dit Maguelone avec une pénible surprise.

— Le page de Guise a entendu dire que le sculpteur *Canachus*, Sicyonien, fit la statue de Vénus, assise; et, en te voyant, je pense qu'il eut raison.

— Fi, Messire! parler de magie et sorcellerie, quand la mort est là, près de ce lit. »

Le jeune homme, ni effronté, ni raffiné, tressaillit : après quelques instans de silence, il prit doucement les deux mains de Maguelone, qui le laissa faire, et lui dit avec passion :

« Petite Maguelone, je t'aime!

— Grand dommage pour vous, Messire, si vous mentez, ou si vous dites vrai, — répondit Maguelone en se levant, et en jetant un regard dédaigneux sur Timoléon.

— Ne voudrais-tu m'aimer un peu ? — dit le page décontenancé.

— Si vraiment, Messire; je vous aimerai assez pour vous rappeler ce qu'est la pauvre Maguelone; qui vous êtes, et en quel lieu nous sommes..... » Un grand bruit, venu de la rue, et quoique éloigné, lui coupa la parole; Timoléon, aussi-bien qu'elle, prêta l'oreille.

C'était un fracas de voix criardes, d'instrumens discordans; des clochettes, des violes, des chaudrons, des imitations de miolemens, d'aboiemens, de chants d'oiseaux; enfin, c'était le final d'un grand charivari, qui, avant l'heure du couvre-feu, venait d'être donné par les écoliers *martinets* (externes) auxquels s'étaient joints des *internes*, évadés de leur collége pour le besoin de cette mal-concertante cérémonie. L'insulte s'adressait à un sire *Dulion*, conseiller au Parlement, créature de Mme de Valentinois, et, en cette qualité, assez audacieux pour venir se loger dans le quartier des écoles.

La cohue indisciplinée, après avoir brisé les

oreilles et les vitres du conseiller, rentrait par la rue Bordet.

« Sainte Vierge! dit Maguelone, — d'où vient ce grand vacarme ?

— C'est une danse de manans! dit Timoléon, toujours écouteur.

— Oh ! mon Dieu ! — reprit Maguelone avec angoisse ; — manans ou gentilshommes, ils vont réveiller votre tante !... elle avait tant besoin de repos ! »

Au même instant, le bruit cessait. La jeune fille fut émerveillée de ce subit silence, qui semblait un effet de sa prière ; elle s'approcha de la fenêtre, passa derrière la tenture avec grande précaution, ouvrit un petit vasistas pratiqué dans les vitraux, et avança timidement sa tête.

La rue était illuminée par des torches; la foule emplissait la rue : plus d'instrumens, plus de cris, mais le piétinement mesuré de mille pas, mais le murmure, comprimé d'un populaire qui veut passer *incognito*, comme un seul homme, et tout-à-coup une seule voix qui, distinctement, adressa cette mercuriale :

« Au nom de moi, Baptiste Crocoëzon, et de par Anastase Beauchêne, le premier de vous qui n'ôtera pas sa toque devant cette maison où gît une pauvre malade... où veille une belle jeune fille.... je le fais ordonner cardinal au beau milieu du Pré-aux-Clercs ! »

Maguelone n'eut que le temps de retirer sa tête, car elle vit mille têtes découvertes se dresser du côté de la fenêtre.

Lorsqu'elle rentra dans la chambre, elle était pourpre d'un trouble occasioné par un doux orgueil. Timoléon, qui avait entendu, était pâle de colère. La dame Marguerite dormait encore : Crocoëzon avait protégé son sommeil.

AMOUR DE L'AME, AMOUR DES SENS.

III

Les *charivaris* qui avaient été défendus par
un concile de Tours, *bien avant* qu'ils ne fussent
réprimés par les polices modernes, avaient
servi à exprimer, dès le *moyen âge* de notre

monarchie, la colère ou le mépris du peuple ; leur usage était autrefois si fréquent, que les savans et les commentateurs se virent dans la nécessité littéraire d'expliquer l'origine de leur bizarre dénomination. (1)

Pourquoi les écoliers venaient-ils d'en appliquer le châtiment aux oreilles du conseiller *Dalion?* c'est que, la veille, un crime épouvantable avait été commis par ce magistrat. Le prétexte, l'occasion de ce crime, tenaient en émoi les Tournelles et les écoles, la cour et l'université ; la cour pour approuver, l'université pour blâmer.

(1) CHARIVARI : *Nocturnæ vociferationes et vasorum æneorum pulsationes.*

Nicod, dérive ce mot du grec Καρηβασεω, qui signifie *pesanteur de tête.*

Borel, de Κυρυβαρεω, je romps la tête.

Ducange, le dérive de *cari, cari,* cri des Picards de Boulogne ou de Calais, aux jours d'émeute.

Scaliger, le dérive de *chalybarium,* parce que le charivari se fait en frappant sur des vases d'airain.

La cour qui, sur vingt crimes politiques dans une époque, en peut réclamer dix-neuf, parce que, dans l'état normal, le penchant à l'abus et l'orgueil de la force sont de son côté ; la jeunesse universitaire, qui examine, qui fronde et qui juge, parce que, vouée à l'étude des événemens politiques et intellectuels des temps passés, elle est toute disposée à connaître des événemens présens ; parce que son esprit trop jeune pour être spéculatif et n'être pas généreux, trop prompt pour s'arrêter aux froides déductions, aux considérans menteurs, dit tout de suite à sa voix bruyante de parler haut et ferme.

Et certes, en la circonstance dont je veux parler, c'était le cas ou jamais d'exprimer une indignation courageuse.

Un des *vingt-quatre* libraires-jurés (1) en l'u-

(1) Si dès 1332, et encore en 1559, l'université comptait *vingt-quatre* clercs-libraires, *savans en toutes*

niversité de Paris, *Martin l'Hommet* venait d'être, le matin même du jour où se donna ce charivari, mis à la question et pendu, pour avoir, soi-disant, répandu un libelle contre le duc de Guise. *Le Tigre !* tel était le titre du libelle paru depuis peu de jours. On peut juger par la sévérité exercée contre ce délit de la presse, que, dès ce temps-là, *l'intimidation* était comprise. Mais ce qui ajoutait à l'horreur de cette exécution, c'était l'assassinat, par la main du bourreau, séance tenante, et par l'ordre de *Dulion*, d'un pauvre marchand de Rouen, arrivé le matin à Paris, qui, voyant insulter l'Hommet

sortes de sciences, recopiant et *corrigeant* tous les manuscrits, il est à regretter que le corps respectable de la librairie n'ait pas bénéficié de la loi du progrès, et ait accepté l'humiliation d'une décroissance intellectuelle, aussi flagrante que celle dont il afflige la littérature contemporaine. De vingt-quatre *savans* libraires qu'ils étaient en 1559, combien sont-ils aujourd'hui ?

par le public de tous les échafauds, avait crié :
« N'est-ce pas assez du bourreau ! » et, pour ce
cri généreux, avait été appréhendé par justice,
et tué par justice !

On savait que pour prononcer la condamnation
du libraire, Dulion s'était fait assurer la prési-
dence du parlement de Bordeaux ; on savait que,
peu d'instans après les deux exécutions, Dulion
avait répondu à un blâme : *Que voulez-vous !...
François de Guise est furieux ; j'ai voulu l'apai-
ser, en lui donnant deux morts pour un.*

Heureux les grands ! la servilité fait toujours
plus pour eux qu'ils ne demandent : deux éloges
pour un, deux têtes pour une !

Et avant que l'infâme conseiller eût dormi
sur ses deux assassinats judiciaires, Crocoëzon,
l'intelligence avancée, à-la-fois la tête et le bras
des écoles, le président de tous les conciliabules
secrets entre les enfans de l'université ; l'ami de
tous les écoliers ; leur soutien, toujours ; leur

vengeur, chaque fois qu'il pouvait l'être, — et
rarement les moyens lui manquaient; — l'effroi
des maîtres iniques; l'archiviste et le défenseur
de tous les priviléges scholastiques; Crocoëzon,
le benjamin du maître Pierre Laramée, qui,
dans cette âme chevaleresque et aventureuse,
à travers les écarts de gaîté de cette force tur-
bulente, avait distingué les germes des hautes
aptitudes politiques et philosophiques; Crocoëzon, l'ami dévoué d'Anastase Beauchêne, avait
tout de suite décidé et organisé une avanie
publique contre le favori de l'impure duchesse
de Valentinois.

On a vu quels touchans égards Baptiste Crocoëzon avait exigé de la cohue écolière, pour
la demeure de la dame de Melborne, pour l'asile
qui renfermait la jeune fille dont rêvait Anastase;
mais les paroles qu'il avait prononcées avaient
plus fait que toutes les contemplations amoureuses, pour déterminer la passion du jeune la Bour-

cadière. Du moment où Maguelone devenait un
objet d'attention, il s'indignait contre lui-même
de n'avoir point encore remarqué tout ce qu'elle
valait ; il ressentait par avance la crainte de la
perdre sans l'avoir possédée ; et, pour se confir-
mer dans l'idée de cette possession, il arguait,
vis-à-vis lui-même, des paroles et des premiers
projets de son père sur la fille de Gabiou. Le
timide Timoléon arrivait en un instant, par
une inspiration de l'orgueil blessé, à l'énergie
des passions ; et, quoi qu'il en eût, nourri du
levain de noblesse, il allait au besoin se pré-
valoir d'un droit pour déshonorer la vassale de
son fief.

Cet amour naissant, ses désirs, ses craintes, sa
vanité, tout cela fermentait en lui, lorsque, sur
l'avis de Jean Fernel, que la dame de Melborne
traînerait fort long-temps son état de souffrance,
François de Guise redemanda son page : c'était
Marie Stuart qui avait inspiré ce souvenir et

cette exigence. Le jour des noces de la dauphine, Timoléon avait éprouvé un grand chagrin, mais digne, mais calme; lorsqu'il retourna près de François de Lorraine, son désespoir éclata en termes menaçans et furieux : la différence se conçoit, amour de l'âme, amour des sens.

« Maguelone, — dit-il à la jeune fille, en la tenant rudement par le bras, — je jure Dieu que, si tu t'oublies jusqu'à faire belle mine à tous ces clercs, à tous ces bazochiens, je ne deviens héritier de mon père que pour t'enfermer en la *recluserie* du manoir. »

Cette violence ne manqua pas de produire l'effet qui devait en résulter; Maguelone, peu intelligente à comprendre la transmutation possible d'un objet aimé, incrédule aux accens de cette voix qui criait : amour à Maguelone, après l'avoir crié à *Marie*, effrayée d'une colère dont elle ne voyait pas clairement le motif, et alarmée devant la puissance seigneuriale irritée, bien plus qu'elle ne l'avait été devant la frénésie du moine Fra-Jéronimo ; Maguelone se chercha instinctivement deux appuis : son père, pour satisfaire à sa piété, et Anastase Beauchêne pour la protéger envers et contre tous.

C'est la loi de nature : faiblesse de femme mise en péril, et quelque peu douée de susceptibilité et d'animation, souhaitera toujours une affection pour s'y confier, et des bras pour la soutenir.

Si la fille de Jean Gabiou aimait l'ami de Crocoëzon, Dieu lui-même ne le savait point encore, car la jeune fille n'avait rien entendu dans sa conscience qui lui révélât et son premier tourment et son premier bonheur ; mais depuis trois dimanches elle remarquait, sous le porche en entrant à l'église, à deux pas d'elle, pendant la messe, au bénitier, lorsqu'elle sortait, la radieuse figure d'Anastase ; et comme elle ne pouvait regarder l'écolier sans se rappeler qu'elle lui avait obligation, peut-être ses yeux, tout en disant sa chaste reconnaissance, exprimaient-ils un plaisir que l'ardent jeune homme put interpréter selon ses vœux.

Il attacha son âme à ce magnifique regard qui venait candidement se reposer sur son visage ; il mit dans sa pensée, au service de cette jeune fille, son nom, sa fortune à venir, et sa vie et celle de Crocoëzon ; car l'excellent Baptiste donnait toujours à un ami le droit d'en disposer. Il ne s'agissait plus, pour Anastase Beauchêne, que d'informer Maguelone de la passion qu'il ressentait pour elle : jamais elle n'allait seule aux offices ; une des deux servantes de la dame de Melborne l'y accompagnait. Les us et coutumes de la corporation écolière semblaient devoir faciliter cette communication, qui n'aurait pour obstacle qu'une pauvre fille à gages ; mais Anastase était retenu par l'idée de déplaire à celle qu'il voulait aimer ; il avait parfaitement compris que cette remarquable ressemblance avec les vierges du *Corrège*, révélait des facultés plus relevées que ne l'était la condition de Maguelone, et, devinant sa vertueuse susceptibilité, il n'aurait point osé l'offenser par la liberté du langage ou le peu de retenue dans les manières.

Un dimanche soir, après vêpres, il la rencontra dans le jardin de Sainte-Geneviève.

Ce jardin était petit; il consistait surtout en une longue allée, élevée sur les remparts et bordée de palissades. L'abbé de Sainte-Geneviève en accordait l'accès à peu de personnes; la sœur du baron de la Bourcadière étant connue de lui, les femmes de son service y étaient admises, et les deux favoris de Pierre Laramée jouissaient du même privilége, sous la caution du nom de leur maître.

Maguelone était seule; et dans toute la longueur de l'allée, point de promeneurs, car le temps était brumeux. Les influences atmosphériques portaient à la tristesse, au découragement. La fille de Gabiou, pleurait : son âme était chargée d'ombres, son esprit obsédé par mille peurs! Le matin même elle avait remarqué avec effroi qu'un étrange hasard avait, pendant la messe, amené trois têtes qui s'étaient posées à distance l'une de l'autre, et toutes trois n'avaient eu des regards que pour le même objet. Fra-Jéronimo, — qui ne portait plus la robe de cordelier, mais la soutane de prêtre; — Timoléon de la Bourcadière, en riche costume de page, aux couleurs de Guise, et la dague au côté; — Anastase Beauchêne, en haut-de-chausses de laine rouge tricotée, en pourpoint de drap bleu, serré par une ceinture de cuir noir : trois costumes distincts, sur trois hommes bien distincts. Deux d'entr'eux ayant sur le visage une égale pâleur, laissant voir, avec les nuances caractéristiques de leur âge et de leur profession, une anxiété puisée aux mêmes sentimens, le désir et la jalousie, et le troisième ayant les chairs colorées par l'émerveillement du bonheur.

Maguelone s'était dit aussitôt que mal adviendrait à elle et à eux trois, s'il fallait qu'elle devînt l'occasion de mauvaises pensées ; et la pauvre enfant, assurée que la mort allait avant peu frapper la dame de Melborne, prévoyant son isolement prochain, retourna-t-elle auprès de Jean Gabiou ; désirant un point d'appui et n'osant s'arrêter à celui qui lui était indiqué par ses timides pressentimens, elle pleurait ; la tête affaissée sur sa poitrine, elle marchait lentement, interrompant, par de gros soupirs, le sens de ses pénibles réflexions ; arriva un moment où, presque exaspérée par ses angoisses, elle s'écria, joignant les mains :

« Saints du Paradis, si ne venez à mon aide, qui donc me protégera ?

— Moi ! » lui répondit une voix pleine de tendresse et de vérité.

Elle se retourna et vit Anastase.

« Vous! — dit-elle, sur le ton d'une demi-croyance, et en mêlant l'effet des larmes à celui du sourire.

— Oui, moi! » répliqua Beauchêne en se découvrant la tête, comme afin de prouver à la jeune fille qu'il ne l'aimait beaucoup que parce qu'il savait pouvoir la respecter.

Il s'approcha de Maguelone, et, la durée de deux minutes, marcha près d'elle sans parler.

Le premier engagement était pris ; le premier consentement était donné ; il fallait se recueillir. La phraséologie rendrait mal l'intonation saisissante qui fit vibrer la voix d'Anastase, lorsqu'il reprit, en plaçant doucement sa main sur le bras de Maguelone :

« Ce sera moi, avec d'autant plus de raison que je ne mens jamais ! que jamais ne trahirai ! ce sera moi, parce que je vous aime d'un amour honnête.... ce sera moi, parce que s'il pouvait s'élever à l'encontre de votre bonheur un malheur à face humaine, je dirais un mot.... et ce malheur s'en irait dans la tombe avec celui qui l'aurait apporté!... Maguelone, je vous aime!... »

Tous deux s'étaient arrêtés; ils s'étaient placés l'un devant l'autre pour mieux se regarder et pour mieux s'entendre.

« Messire, — dit Maguelone avec une humilité toute digne, — le pauvre Jean Gabiou, serviteur du baron de la Bourcadière, est le père de la pauvre fille suivante de la dame de Melborne; elle a nom Maguelone, et c'est elle qui vous parle.

— Enfant, — répondit l'écolier, — René Beauchêne, mon père, est un riche drapier; chef de sa corporation, il demeure au bureau même de la draperie, en la maison dite *des Cerneaux;* c'est un vertueux et tolérant catholique; il fait le négoce avec probité et largesse; n'a qu'une haine en son cœur, elle va droit aux hypocrites, aux menteurs et aux fripons ; il n'a désormais, étant veuf, qu'un amour dans son cœur, et cet amour exclusif et pur vient droit à moi, qui vous parle, et qui suis Anastase, fils de René Beauchêne, le drapier. Si je dis à mon père : « Je veux ceci, » il me le donne ; si je lui dis : « Je suis triste, » il m'attire en ses bras et me couvre de ses baisers ; si, demain, je me présente à lui, si je lui dis : « Père, j'aime de toute mon âme une honnête et belle fille, de pauvre condition, craignant Dieu et voulant mon bonheur, » il me dira avec indulgence : « Fais le sien. »

— Messire !... — interrompit Maguelone en sanglotant.

— Et si j'ajoute, — reprit Anastase en plaçant ses deux mains sous les coudes de sa maîtresse, qu'il soutenait la voyant chanceler, — si j'ajoute : « Mais, père, cette sage jeune fille, je ne puis la rendre heureuse qu'en l'épousant ! » le bon René m'adressera un de ces sourires où

se peint la munificence paternelle de Dieu même,
et avec sa voix loyale et confiante, il me dira :
« Écolier de Presle, disciple de Ramus, fais-toi
» homme, puis épouse cette sage jeune fille. »

— Il dirait cela ! » s'écria Maguelone en flé-
chissant sur ses genoux.

Beauchêne, en relevant la fille de Gabiou, lui
appuya ses lèvres sur le front, et continua ainsi,
mais avec une respiration plus haletante et plus
courte :

« Il le dira !... j'en adjure le souvenir de ma
mère qu'il aimait tant.... et maintenant, petite
Maguelone, veux-tu que je t'aime ?

— Demandez-moi, Messire, si je veux être
heureuse ! »

Il y eut un brûlant regard d'échangé, un ser-
rement de main, un nouveau silence ; car ces
deux poitrines, remplies d'un doux émoi, bat-
taient bien fort.

« Maguelone, — reprit Anastase, — pourquoi

4..

donc, lorsque je t'apparus tout-à-l'heure, ce cri de désespoir?

— Je ne sais.... j'étais bien triste!

— Crains-tu quelqu'un? — demanda le jeune homme en haussant le ton.

— Oh! non, — murmura Maguelone.

— Écoute bien ceci, petite amie!... Tu seras la dame Beauchêne, ma dame, épouse et maîtresse... d'où que tu viennes et quelque nom que tu portes.... car, en ta personne, il y a grâce et noblesse qui n'accompagnent pas toujours puissance et richesse! tu seras la dame Beauchêne; et à cause de cela, tu as pour te protéger, non pas un faible jeune gars qui n'aurait que son courage.... mais deux mille écoliers!... deux mille, une armée!... Que je crie : *à moi!* et que Crocoëzon m'entende.... le quartier, la Cité, la ville entière sont ébranlés dans leurs fondemens!

— Vous me faites peur!... — dit Maguelone,

avançant sa jolie main pour étouffer sur la bouche de son amant ces accens de colère.

— Donc, tu ne craindras personne?

— Avec l'assistance de Dieu et la vôtre.

— Et tu m'aimeras?

— Je vous aime! — dit l'enfant avec amour
et candeur.

— Alexandre VI a vendu, prix coûtant, des
indulgences pour cent ans!... toi, chère petite
Maguelone, tu me donnes de la joie pour ma
vie entière! — s'écria l'écolier avec transport.

— La dame de Melborne m'attend! — dit
Maguelone tristement.

— Un peu de patience, gentille amie; et,
avant de nous quitter, un gage de souvenir. »
Il mit un genou à terre; Maguelone, qui l'avait
compris, inclina sa tête sur celle de son amant,
de son front effleura son front, de ses lèvres
effleura ses lèvres.

« A mon maître et seigneur.... à mon époux devant Dieu! » dit-elle.

Anastase Beauchêne se sépara d'elle un peu avant de sortir du jardin; il la suivit de loin, et ne la perdit de vue qu'après qu'elle fut rentrée en la maison de la dame Marguerite.

L'ARBRE LUXURIEUX.

IV

A l'heure même où se passait, dans le jardin de l'abbaye de Sainte-Geneviève, cette scène amoureuse et naïve, entre l'écolier Anastase et la fille de Jean Gabiou, Timoléon errait dans le somptueux jardin de l'hôtel de Guise.

Le menu peuple affluait en ce jardin les jours de fêtes et dimanches ; les autres jours, les gens de cour et de qualité (la chronique dit : *les honnêtes gens*) venaient y afficher l'ostentation de leur luxe et l'effronterie de leurs mœurs. Le jeune la Bourcadière cherchait une distraction à son ennui, au milieu de la cohue des manans, lorsqu'il se sentit frappé sur le bras par un coup de houssine ; c'était un petit page, aux couleurs du roi ; il avait le visage couvert d'un loup en velours violet, et joignait à ce geste le signe de suivre et de se taire : il obéit.

Dans la partie extrême du jardin, il y avait un bosquet réservé, entouré d'une grille ; bosquet touffu, complètement isolé, dont le massif était dominé par un beau vieil orme, célèbre dans les annales de la galanterie : il avait pris le nom de *l'Arbre luxurieux*, parce qu'il avait, *entre autres*, ombré les plaisirs d'un maréchal et d'une princesse fameuse.

Le guide de Timoléon se dirigea vers ce bosquet, en ouvrit et referma la grille, s'enfonça dans le taillis, et alla s'asseoir dans une niche en verdure, fraîche et odorante, pratiquée sous le vieil orme.

Timoléon n'était point encore venu dans ce lieu, mais il en connaissait la renommée : telle était la préoccupation de ses idées, que son obéissance à l'avis énergique du page enfant était restée sans but et sans curiosité ; aussi, lorsqu'il le vit prendre place sous ce dôme protecteur de tant d'ébats amoureux, il dit avec dégoût :

« Je préférerais à ce voluptueux feuillage *l'ormeteau ferré* (1) qui ombragea six mille soldats, et sous lequel l'archevêque de Tarantaise fit des miracles.

(1) La Philippide de *Lebreton*. Le traité d'alliance entre Philippe-Auguste et Henri II d'Angleterre, fut passé sous cet orme fameux.

— Vous êtes savant, Messire ! — dit l'enfant en se découvrant le visage.

— Madame la Dauphine ! — s'écria Timoléon.

— Ce n'est plus Marie, n'est-ce pas? — répliqua la femme de François, dauphin, avec affliction et colère. — Approchez-vous, Messire; j'ai voulu vous amener sous le feuillage d'un arbre qui a entendu encore plus de sermens menteurs que de propos d'amour…. son ombre convient à votre infidélité.

— Que dites-vous, Madame? — demanda le jeune la Bourcadière, intimidé et surpris.

— Et le carrefour du *Chêne à la jeune Fille*, — poursuivit Marie Stuart avec ironie, — a-t-il changé de nom, comme votre cœur a changé d'amour?… Le chêne sous lequel s'est abritée Marie d'Écosse, auprès de Timoléon, est-il aussi *luxurieux* que cet orme?… »

Le page de Guise fit un pas en avant,

voulut se prosterner, mais la dauphine était
irritée.

« Arrière et debout, Monsieur !... debout,
vous dis-je... une faible pécheresse ne mérite
pas les génuflexions que, ce matin, vous refu-
siez à Dieu et à la châsse de ma dame sainte
Geneviève !

— Ce matin, madame la Dauphine !

— C'était bien la peine, vraiment, que j'eusse
failli mourir, voyant la frêle main du dauphin
vous heurter et vous faire choir ! C'était bien la
peine que, vous sachant malade, je devinsse
moi-même souffreteuse... »

Comme la voix de la dauphine faiblissait,
comme sous ce travestissement de page la princesse et la femme disparaissaient, du moins à des
yeux préoccupés du souvenir d'un autre objet,
Timoléon retrouva un peu d'assurance et beaucoup d'indifférence.

« Moi, Madame ! — dit-il en interrompant

Marie, — lorsque je me mourais du mal d'amour, je n'avais personne près de moi pour tromper mes regrets.

— Et, à votre tour, que dites-vous, Messire? — demanda la dauphine.

— Ma couche était solitaire, Madame, » répondit le page avec un aplomb qui attestait bien la guérison de ce premier amour.

Marie Stuart jeta sa tête dans ses mains et fondit en larmes. Elle espérait peut-être que l'ami de son enfance viendrait la soutenir dans ses bras, lui glisserait dans l'âme de ces douces paroles qui font illusion et qui consolent. Timoléon n'alla point à elle; mais il s'agenouilla et attendit, glacé et respectueux, qu'il plût à la reine d'Écosse de modérer sa douleur.

L'isolement et le mysticisme qui avaient refroidi les premières années de ce jeune homme, devaient réagir d'une autre manière encore sur ses passions, en rétrécissant ses idées, en lui inspirant l'égoïsme. Il avait aimé Marie, il ne l'aimait plus ; il avait souffert pour elle, il était guéri ; il n'avait plus à offrir à la belle dauphine qu'un respect commandé par le devoir, et sa fibre restait calme et ferme devant ce chagrin de femme, à-la-fois si vif et si séduisant.

Toutefois il était possible de se tromper sur l'intention de ce reproche ainsi formulé : « Ma couche était solitaire. » L'erreur satisfaisait l'orgueil ou l'amour de Marie ; elle se leva : elle, reine et dauphine de France, elle ne prit soin que de l'amour-propre d'un pauvre page, et les yeux, le visage, trempés de pleurs, elle dit au fils de la Bourcadière :

« Viens ici, page de Guise, là, près de moi, sur ce banc prostitué ; viens recevoir les aveux, l'humiliante confidence du supplice de mes insomnies et du charme de mes rêves.... » Et, soit que ces aveux, soit que cette confidence dussent trop coûter à la fierté, à la pudeur de

Marie d'Écosse, elle rompit par un cri de colère l'ordre de ses idées.

« Eh ! que t'importe, à toi, de connaître le
désespoir de mes nuits ! si la femme de celui qui
sera François II s'échappe d'une couche honteuse, et va prier pour ne pas rêver de toi?...
Que t'importe!... cette jeune fille Maguelone a
de quoi te faire oublier jusqu'au nom de Marie
d'Écosse....

— Maguelone, Madame ! — cria Timoléon
frappé par la foudre.

— Vrai dieu!... Messire, il faut à vos ten-
dresses des filles bonnes à porter le *court men-
tel*, trouvé dans le château de joyeuse garde,
au pays de Landerneau ! Je jure qu'il fera beau
voir cette Maguelone vêtue de blanc et de noir,
à la livrée des *nonnes d'Hyères*, et criant par les
rues du grand Paris : *du pain ! du pain !*.. Marie
d'Écosse, devenue reine de France, mon gentilhomme ne fera faute à ce spectacle !... Je vois

cela ! vous vous serez dit : « Marguerite de Navarre et Blanche de Bourgogne aimèrent Philippe d'Aulnay et Gautier, son frère ; les fils de
Philippe-le-Bel firent saisir les deux frères, les
firent écorcher vifs, leur peau jetée aux vautours, leur cadavre traîné dans la prairie de
Maubuisson, puis décolés, puis pendus par un
bras au gibet !.... (1) Et la peur vous a saisi,
lâche ! et vous vous êtes dit : *Mieux vaut aimer
bergère que princesse !* et vous voilà l'ami de
cette Maguelone !... et tout énamouré de la chevrière, de l'abjecte suivante, vous offensez Dieu
et ma dame sainte Geneviève pour regarder au
visage cette folle de son corps ! et vous me re-
gardez, vous, de marbre, moi, toute en larmes !...

(1) Au château Gallard.

> *Mézeray.* — Chroniques en vers de Godefroy de
> Paris.

> *Spicil.,* tome III, page 68.

Assez ! assez ! retirez-vous ! assez, Messire....
J'ai rêvé, c'est vrai : je me réveille ! — Sa voix
devenait forte et hautaine, son œil était en-
flammé. — Pour la troisième fois, je rougis devant vous d'un travestissement emprunté ou
pour vous plaire ou pour vous voir.... Devant
vous, je ne rougirai plus !.... Sortez, Monsieur;
sortez d'ici.... »

Timoléon, écrasé par cette révélation de son
nouvel amour, autant que par les expressions de
cette fureur si inattendue, se retira à reculons.

Il avait quitté le bosquet; il était rentré,
tremblant et désolé, dans la petite chambre qu'il
occupait en l'hôtel de Guise, et Marie Stuart,
tombée sans connaissance, du moment où elle
avait cessé de le voir, n'avait point encore repris
l'usage de ses sens.

LA MERCURIALE ET LES ROSES.

V

Malgré tout le soin que j'apporte à éclairer le drame par l'histoire, je regrette amèrement de n'être que romancier, ayant à passer au travers de ces hommes et de ces événemens de 1559.

Époque où par les crimes, les vertus, les persécutions, la résistance, le despotisme des préjugés, la hardiesse des novations, où par tous les excès, tous les abus, toutes les souffrances, s'accomplit la loi du *progrès*.

Époque où grandit la réforme! où la liberté de penser commença à être regardée comme un imprescriptible droit; où le monde intellectuel fit un pas; où, du milieu même des feux des contradictions religieuses et des bûchers, s'élança comme une éclatante gerbe de flamme la preuve de ce *système providentiel* qui veut la *perfectibilité* humaine.

François Ier, roi sans convictions, amant des vaines gloires et de la prostitution, roi brillant, roi *danseur* (1) et inquisiteur.... impudique *salamandre* qui vécut dans le feu, et tomba,

(1) Une chronique le châtie avec cette épithète, pour avoir dansé, à *Valence*, avec toutes les femmes qui

rongée par un vilain mal, pour mourir, non comme on doit mourir sur le trône, mais comme on meurt dans un hôpital !... François Ier, *roi gentilhomme,* avait mis au ton de sa cour le *gai-vivre;* la France allait comme la montait une méchante femme, — *Louise de Savoye;* un fripon et un *pernicieux, Antoine Duprat...* Puis le fils hérita du père; Henri II, continua François Ier !...

Vint ce jour où le front royal eut à rougir devant les moralités d'une *mercuriale;* Henri II, parjure à sa parole, châtia ceux qui l'avaient fait rougir... qu'importe! la leçon était donnée; elle éveillait dans l'âme du peuple le sentiment de la dignité morale; elle faisait jaillir la lumière sur les causes des malheurs de la France, et portait un coup plus redoutable à la vicieuse

lui furent présentées : il était alors le vaincu de Pavie et le prisonnier de Charles-Quint.

forfanterie des grands, que jamais ne l'aurait pu faire un heurt du peuple, ou la hache du bourreau : la meilleure des leçons n'est pas celle qui tue.

Le parlement, qui siégeait alors aux Augustins, délibérait, — *jour de mercuriale,* (1) sur l'édit donné à Écouen, qui punissait de mort tout luthérien; lorsque tout-à-coup la tenture qui tombait derrière le fauteuil vide du premier président est soulevée, le fauteuil se trouve occupé !

C'est le roi qui préside !

Jean Bertrandi, cardinal, *premier* garde-des-sceaux et premier président du parlement, accompagne le roi et se tient derrière son propre siége, auprès du connétable Anne de Montmorency.

---

(1) Une ordonnance de Louis-le-Jeune créa les *mercuriales,* assemblées du parlement qui devaient se tenir le premier mercredi après la saint Martin, et le premier mercredi après Pâques : les avocats-généraux y censuraient les actes judiciaires.

Cette venue du souverain, si brusque et si inattendue, devenait épisodique et embarrassante. Comment dire toute la vérité devant un homme qui, *par état*, affecte de ne pas y croire, pour se réserver le droit de s'en fâcher ?

Henri donne sa parole royale qu'il maintiendra l'indépendance des opinions, et la discussion continue. La question de l'édit s'agrandit de toute la gravité de la circonstance ; les imaginations fermentent ; les probités s'exaltent ! Une fois enfin, la royauté aura proportion d'homme ! une fois enfin, il sera possible de lui dire, sans péril, que tout le bien qu'elle ne fait pas est remplacé par le mal que les courtisans se hâtent de faire ; que l'essence du pouvoir souverain n'a pas constitué ce principe abusif : *vivre pour régner*, mais cet autre : *bien régner pour vivre !*

Et voilà que cinq conseillers intervertissent hardiment l'ordre et le but de la mercuriale ; il s'était agi d'un édit : il s'agit de la France. Le tableau de ses misères est présenté avec énergie et vérité; la cause de ses misères est cherchée avec bonne foi, et trouvée avec lucidité dans l'immoralité des grands, les impuretés de la cour, l'avidité des gens en places...

« Du Ciel vient la lumière ! — s'écrie *Dufour;* — du trône doit venir le bon exemple.

— Lorsque les grands sont insolens et voleurs, — s'écrie *Laporte,* — le peuple est lâche et souffreteux.

— On ne montre tant de zèle contre l'hérésie, — s'écrie *Fumée,* — que par avidité pour les biens des hérétiques !

— Mauvais moyen de faire mépriser la victime, — s'écrie *Defoix,* — que de se couvrir de son manteau ! »

Et Anne Dubourg, entraîné par une hallucination vertueuse, à la place du fauteuil voit une sellette; sur ce corps de roi, voit une tête d'homme; il prend cette tête à partie! il en fait une tête d'*Achab*, et lui, se pose en Élie... Il tonne contre la cruauté, l'adultère, la concussion et l'homicide, protégés en cour; tandis que l'on tue par le bourreau ceux qui servent le roi *selon la loi*, et Dieu selon leur conscience.

Le roi se lève, et d'une voix aigre et menaçante :

« J'ai entendu !... Connétable de Montmorency, appréhendez au corps ces cinq prophètes... Vous voulez tout dire, Messieurs, et moi, je veux tout faire !... Je fais justice. »

Il sortit.

Cent trente membres du parlement étaient présens; ils restèrent les muets témoins du parjure royal, de l'épouvantable abus du despotisme et de l'arrestation de leurs courageux collègues.

Cet acte de Henri II fit grand bruit dans

Paris, mais surtout causa une excessive agitation dans le quartier de l'université.

De tout temps les écoles ont été l'expression de la pensée avancée du pays : comme jeunesse n'est point spéculative, pense tout haut, et, en général, dit ce qu'elle pense ; ce qui occasionait un murmure dans la ville, devait exciter un cri dans les colléges.

L'esprit frondeur et belligérant de Crocoëzon ne fit défaut dans cette circonstance. Au plus prochain congé, après le jour de la *mercuriale*, une douzaine de jeunes gens, députés ou meneurs des principaux colléges de Paris, se réunirent en la petite maison à l'enseigne de Saint-Julien-le-Pauvre, et y tinrent un conciliabule où il fut dit plus de mots raisonnables que l'âge et la profession des discoureurs ne permettaient de le croire.

Le dimanche suivant, *Claude Feutrier*, maître guichetier du Petit-Châtelet, entendit dans les profondeurs de sa prison le mugissement du vent du sud ; il était midi, et le ciel était pur. Il mit l'oreille au grand guichet, et reconnut aussitôt que ce bruit du vent d'orage, n'était autre que la rumeur d'un populaire qui commençait à déboucher de la rue Saint-Jacques, et était prêt de cerner les approches de la vieille prison.

En effet, c'étaient les écoliers, au nombre de douze cents environ ; avec les écoliers, des ouvriers que le saint jour du dimanche livrait à l'oisiveté, et des bourgeois curieux. Les enfans de l'université tenaient la tête de cette cohue, et chacun d'eux portait à la main une rose ; et devant tous, — balançant fièrement dans sa main droite un noueux cornouiller, portant délicatement dans sa main gauche une rose du plus bel éclat, — Crocoëzon ; et auprès du benjamin de M. Ramus, le capitaine du guet, beaucoup moins assuré dans sa démarche que ne l'était son hardi voisin.

Lorsque Crocoëzon se fut assuré que sa suite s'était agglomérée à une distance qui lui permettait d'en être entendu, et, au besoin, défendu, il cria d'une voix puissante :

« Ohé ! monsieur Claude Feutrier, gardien des honnêtes gens : deux mots ! »

Le maître guichetier, qui ne savait trop ce que pouvait signifier une telle visite, s'abstient d'abord de répondre ; Crocoëzon lui adressa cet avis :

« Claude Feutrier, mon ami, vous êtes né à Beauvais, où vous meniez gros train et sotte mine ; je suis Baptiste Crocoëzon, né en la belle ville d'Amiens, pays des honnêtes femmes ; à donc, en francs Picards, nous pouvons nous entendre... deux mots ? »

Feutrier connaissait de réputation ce Picard, écolier de Presle, ce qui l'aurait peu déterminé à se rendre à son invitation ; mais comme il avait reconnu aux côtés de celui-ci le capitaine du guet, il comprit qu'il ne pouvait y avoir péril pour sa personne ou sa prison, et se décida à sortir par la porte basse du grand guichet, laissant, entre ses visiteurs et lui, les barreaux d'une grille plantée à six pieds de la muraille.

« Merci à vous, maître Claude, reprit Crocoëzon d'une voix posée; ouvrez bien grands vos longues oreilles et vos gros yeux, et écoutez ma supplique.

— Messire d'Olivet, dois-je en effet écouter? demanda le prudent guichetier au capitaine du guet.

— Vous le pouvez, dit l'officier public.

— Mais comment répondre à tant de gens?

— Vous ne parlerez qu'à moi, répliqua vivement Baptiste. — Un édit de Philippe Lebel (1301) a institué le capitaine du guet conservateur des priviléges des écoliers, et comme il n'est point écrit que ceux de l'université ne rendront point hommage à messieurs du parle-

ment, le sire d'Olivet n'a pu nous refuser sa
compagnie... Est-ce bien parlé, franc Picard?

— Et maintenant, que voulez-vous de moi?

— Je m'explique, gracieux guichetier : vous
recélez sous les voûtes de vos *étouffoirs*, et par
un hasard, cinq honnêtes gens, vertueux et
nobles membres du parlement : est-ce vrai?

— Quand cela serait?

— Ces courageux citoyens sont inscrits au
grand registre sous les noms de Anne Dubourg,
Dufour, Fumée, Laporte et Defoix?

— Ensuite?

— Découvrez votre chef tout rond, maître
guichetier, ou, pour vous rappeler le respect dû
aux redresseurs du vice, je fais sauter votre
toque rouge avec le bout de ce bâton. »

Le guichetier ne voulut pas élever une con-
teste pour si peu de chose, et se découvrit.

« Des roses! » cria Crocoëzon.

Mille bras s'avancèrent. L'écolier de Presle

ne prit que quatre roses qu'il joignit à la sienne, et s'avançant plus près de la grille :

« Or, maître Feutrier, écoutez-moi : les rois de France paient un *droit de roses* au parlement ; messieurs les ducs et pairs ont pour devoir d'accomplir *la baillée des roses* ; trop souvent ce présent a été offert par des mains impures à des mains avides, plus désireuses d'or que de fleurs ; mais comme l'hommage en lui-même exprime une pensée honnête et douce, prenez ces roses, guichetier du Petit-Châtelet ; portez-les proprement et fidèlement aux cinq conseillers du parlement, qui, pour avoir illustré *la mercuriale*, sont enfermés dans vos cachots, et dites-leur, sans y changer un mot : « Les enfans » de l'université rendent hommage à la vertu, et » désirent que, dans le parfum de ces roses, vous » trouviez les pensées qui consolent, comme dans » vos consciences vous avez trouvé le courage » qui immortalise. »

Le maintien, la voix de Baptiste Crocoëzon exprimaient réellement la dignité de cette manifestation publique et généreuse en faveur des cinq prisonniers. Claude Feutrier prit les roses, et promit par serment de remplir le vœu des écoles. L'écolier de Presle, dont l'esprit était monté au ton solennel, épargna au guichetier du Petit-Châtelet toute parole moqueuse ou désobligeante, se retourna, et, sur un signe, cette immense foule fit volte-face, remonta la rue Saint-Jacques, sans tumulte et sans bruit, sans qu'il en coûtât une vitre aux maisons des bourgeois.

Il y avait bien quelque chose de sérieux et d'inquiétant pour le pouvoir, dans cette force morale, organisée au point de pouvoir produire une force matérielle si imposante : les Guise le pensèrent ainsi.

LES FIANCÉS ET LE CORNOUILLER.

VI

Mais tandis que se passait aux alentours du Petit-Châtelet cette scène expressive et grave, en autre lieu se passait une autre scène de moindre intérêt, mais attachante, parce qu'elle

témoignait du désintéressement, du pur amour,
et de la condescendance à laquelle pouvait s'a-
bandonner la bonté paternelle.

En cette maison *des Cerneaux*, quartier Saint-
Opportune et des Halles, où était établi le bureau
des drapiers, dans une arrière-chambre qui
n'était éclairée que par deux jours : celui d'un
obscur magasin, dont elle était séparée par un
petit vitrage, et celui d'une cour de huit pieds
carrés, véritable caisse à parois en pierre, de la
hauteur de trois étages ; devant un homme qui
n'avait pas plus de cinquante ans, dont la physionomie, à-la-fois austère et bénigne, révélait
l'habitude des pensées sages et des spéculations
heureuses, et auquel le sentiment de son bien-
être ou de sa position consistante permettait,
en présence de visiteurs, une pose confortable
sur le coussin en cuir noir d'un vaste fauteuil à
grand dossier ; devant ce personnage se tenaient,
debout, avec un maintien respectueux, trois

individus qui se recommandaient évidemment à la générosité ou à la clémence. Toutefois, un de ces trois solliciteurs, moins embarrassé dans son attitude, souriait finement et d'une façon carressante à son juge ou à son bienfaiteur.

« Voilà donc, — dit celui-ci, en maintenant sa voix sur les cordes graves, — voilà donc celle qui a nom Maguelone, et son père, Jean Gabiou.... tous deux gens à gagés chez un baron de la Bourcadière.

— Et le Jean Gabiou, Messire, ancien soldat, — reprit le père de Maguelone avec fierté.

— Ce sont eux, bon père, — dit avec modestie Anastase Beauchêne.

— Et tous trois, dans l'espoir que le tracas des affaires aura affaibli les ressorts de mon esprit, vous venez me proposer une insigne folie !

— Père ! — fit l'écolier.

— Et parce que la noble corporation des

drapiers a mis en moi toute sa confiance, parce que dans ce bahut ferré, sont rangés autant de *carolus* qu'il en aurait fallu pour payer les *cent vingt-quatre* maisons de juifs que Philippe-Auguste donna au corps des drapiers; parce que les *chaussetiers* me font d'humbles révérences, et parce que j'ai un fils ayant mine de gentilhomme, prestance de chevalier, tête de fou et cœur de tourtereau, vous venez, vous, Jean Gabiou, homme d'âge et de corvée, vous, ancien soldat, aujourd'hui serviteur d'un baron, vous venez hardiment me dire en face : « Fai-» sons alliance... baillez votre fils à ma fille, cela » me va ! » Fi ! Jean Gabiou ! fi ! tant d'assurance ne convient à votre condition; un *chaussetier* ne se la permettrait..... »

Gabiou jetait un regard humilié et surpris sur Anastase; Maguelone appuyait sur ses yeux le revers de ses mains; l'écolier perdait contenance.

« D'ailleurs, — reprit le marchand, en modifiant un peu l'accentuation de sa voix, — j'aurais le mal de folie, jusqu'à employer *au jeu de pois pilés* les saintes heures de l'office, jusqu'à regarder avec complaisance la plus jolie jeune fille qui me soit apparue depuis le jour où je fus fiancé à *Louise Gémel*, ma défunte femme ; est-ce qu'il m'est loisible de tromper l'attente de trois argentiers des plus riches, de deux drapiers fort recommandables, en donnant ainsi mon Anastase à une folle qui a nom Maguelone ?...

— Mais, mon père, — répliqua l'écolier, — il faudrait toujours que deux des trois argentiers, ou les trois argentiers et l'un des drapiers, se tinssent pour dit qu'Anastase Beauchêne ne peut pas épouser cinq femmes.

— Du moins, Monsieur, chacun d'eux vous voyant entrer dans une famille considérée et de négoce, affectera-t-il de vanter ma sagesse ; tandis que tous les cinq me riront au nez, si je

vous donne pour femme cette petite mignonne
qui ne vous apporte en dot qu'une jupe de tiretaine et un surcot en gros drap gris.

— Est-ce là ce que vous m'aviez promis,
mon père ? » s'écria le jeune homme avec douleur, en voyant que le visage de Maguelone
était trempé de larmes.

Jean Gabiou se résignait ; il restait impassible
dans son affliction, car il comprenait bien qu'à
lui n'appartenait pas, dans cette affaire délicate,
le droit de la susceptibilité. Cependant, comme
il vit que le marchand et son fils gardaient le
silence, l'un pour observer, l'autre pour pleurer,
et que la position de sa fille et la sienne allaient
cesser d'être tenables, il se hasarda à dire d'une
voix émue :

« Messire drapier, le pauvre Jean Gabiou,
homme de corvée, au service d'un baron, et ancien soldat, ne mérite ni blâme ni sévérités de
votre part ; s'il a osé paraître devant vous, c'est

qu'on lui avait affirmé que vous le permettiez ;
s'il a osé vous amener sa fille Maguelone, c'est
qu'on lui avait affirmé, avec larmes et sermens,
que vous le permettiez. Jean Gabiou, même en
temps de guerre et aux prises de villes, n'a
jamais violé la demeure de personne. Il est bien
pauvre, il est de basse condition, Maguelone est
née de lui, et ne possède, comme vous le dites,
qu'une jupe en tiretaine et un surcot en drap
gris ; mais parmi ceux du village de Châtenay,
il y en a qui m'ont dit : « Donne ta fille à mon
fils, et ta fille sera une riche villageoise. »
Saint-Germain de Châtenay me sera en aide.....
Je reprends ma fille et vous dis adieu...

— Père ! — s'écria Anastase, en se mettant à
genoux ; — est-ce que tu veux que je meure ?
est-ce que déjà nous n'avions pas débattu tout
cela, en pleurant tous les deux ? est-ce que je
ne t'ai pas convaincu de ma tendresse pour toi
et de mon amour pour elle ?... Viens ici, petite

Maguelone, — il saisit une main de la jeune fille
et l'attira presque sur les genoux du marchand;
— viens ici, viens... Regarde-la, père; et dans
le timide éclat de ses beaux yeux, vois le timide
éclat de son âme! ne me l'as-tu pas dit souvent :
« Il peut arriver qu'au milieu des ronces d'un
» terroir sauvage se rencontre jolie fleur de
» glaïeul; » et alors tu disais vrai!... Regarde,
je l'ai trouvée!... regarde cet adorable visage,
et confesse que jamais fille d'argentier ou de
drapier ne promettra à ton fils possession plus
riche et plus douce!... Ce n'est point folie ni
hardiesse, non; ma tête est saine, et mon cœur
t'appartient; mais écoute, tu ne reviendras pas
sur ta parole, tu ne feras pas le désespoir de
ton Anastase... — Et se penchant un peu vers
l'oreille de son père : — Tu sais bien que la belle
Louise Gémel, ma douce mère, portait la jupe
de tiretaine lorsque, jour de saint Léonard, tu
la vis pour la première fois, priant Dieu en

l'église Saint-Gervais !... tu sais bien que le jour
où elle prit le beau nom de Beauchêne, elle
passa à ton cou un gros chapelet de verroterie,
te disant : « Je n'ai que cela, je vous le donne ! »
et toi, tu l'as embrassée, tu le sais bien : tu l'as
épousée ; et sa vie durant, ma douce mère a fait
la gloire de ta maison et le bonheur de ton existence !... »

Le père et le fils tombèrent, suffoqués, dans
les bras l'un de l'autre. Lorsque le drapier releva
la tête, il vit Maguelone aussi à genoux ; il dit
avec un accent d'inexprimable bonté :

« Que le nom sacré dont tu viens d'évoquer
le souvenir, te soit favorable !... Tu n'as pas
menti, Anastase ; ta mère m'était apparue vêtue
comme cette Maguelone, belle et pauvre comme
elle ! et son amour pour moi lui tint lieu de
science et de richesse ! en bien peu de temps,
elle sut se rendre utile dans les travaux de mon
négoce ; et après quinze ans de mariage, me

voyant bien plus riche que je ne l'étais avant, je
dus croire que Louise Gémel avait par une dot
augmenté mon épargne..... Je ne reviens pas
sur ma parole; la fille de Gabiou sera la dame
Beauchêne..... »

Trois cris de joie interrompirent le discours
du drapier; il continua posément :

« Mais la conclusion de ceci ne doit point
porter dommage, mon fils, à ton avenir. Toi
qui sais si bien ce qui m'advint aux jours de ma
jeunesse, tu n'as pas oublié que, satisfait du
pécule que j'ai recueilli dans ma noble profession, j'ai désiré te voir suivre une carrière plus
relevée : c'est dans ce but que je t'ai fait suivre
les classes chez M. Ramus.... Tu n'as point
achevé le temps des cours, il s'en manque de six
mois; je veux que l'écolier de Presle reste écolier pur et laborieux jusqu'au jour où je lui
achèterai la charge de secrétaire en chancellerie
du parlement..... Si mes renseignemens sont

exacts, la dame de Melborne a bien peu de temps
à vivre; jusqu'à l'événement de sa mort, cette
petite Maguelone, plus par reconnaissance que
par servitude, restera dévotieusement au chevet
de sa bienfaitrice; tôt après, je la recueillerai
sous mon toit... Pour ce qui est de Jean Gabiou,
j'aurai à m'en entendre avec ce baron de la Bourcadière; la chose arrangée, nous aviserons ensemble, Gabiou et moi.... Ai-je bien dit, fils de
Louise Gémel?.... Puisque Anastase le veut,
viens çà, jolie Maguelone, que je consacre ton
front de fiancée par un baiser de père. »

Maguelone, en se relevant, était éblouissante
de tout l'éclat dont le bonheur peut orner la
beauté; elle se rejeta dans les bras de l'honnête
Jean Gabiou, que la joie immobilisait comme
l'avait fait la douleur.

« Père! — s'écria Anastase avec transport,
— je jure de respecter ta volonté; de terminer
mes cours en laborieux et brave enfant.... de

vivre pour t'aimer, et de mourir en adorant Maguelone ! »

Lorsque le soir même Anastase Beauchêne, retiré dans sa chambrette, au collège de Presle, raconta à Baptiste Crocoëzon les heureux incidens qui avaient rempli sa journée, il trouva celui-ci insensible, pour la première fois, à sa bonne fortune et à sa gaîté.

« Qu'est-ce, Baptiste ? me gardes-tu rancune d'être épris d'un bel amour pour la plus jolie jeune fille que puisse envier cœur d'homme ?

— Non, ce n'est pas cela ; non, cette folie qui te prend au cœur n'est pas ce qui m'attriste, au contraire ; tout ce qui te sera joie et bonheur, me rendra heureux.... seulement, observe bien sous quelles influences est placé le nom que tu portes.

— Comment ?

— Cela n'est pas inutile à la direction de la vie.... Il y a un Anastase, pape, dont *saint*

Jérôme a dit : *qu'il était trop honnête homme pour vivre;* et, de fait, ce pape mourut trop tôt : veux-tu d'une brièveté si bien remplie?.... Il y a des Anastase, papes ou patriarches, qui furent d'assez mauvais sujets ; ceux-là ne te regardent pas : puis, un Anastase *bibliothécaire,* un savant, pouah !... enfin, un Anastase, secrétaire d'empereur, qui mourut par le bourreau... *Amen....* Cherche entre ces gentilshommes celui qui te servira de boussole ; pour moi, je crois que M. Ramus est un grand homme, que le cardinal est un coquin, et Baptiste Crocoëzon un pauvre sire....

— Baptiste!.. mais que signifient ces paroles?.. As-tu, par aventure, consulté la sphère de la dame Catherine de Médicis, en son hôtel Soissons?... Quel jargon mystique me tiens-tu ce soir ?

— C'est vrai, Anastase; c'est vrai!... Si le lieutenant *d'Alaric* était parvenu à couper l'aile

droite de l'armée de Clovis, *Toulouse* était la
capitale du royaume !.. A quoi tient la destinée !
Oh ! tes yeux s'escarbouclent en me regardant ;
mais que l'arc-en-ciel me serve de cravate, si
je n'ai l'âme toute navrée.

— Toi ! bon Crocoëzon ! — Et Anastase saisissait vivement la main de son ami. — Mais d'où
te vient cette peine ? Ce matin encore, M. Ramus
riait du plus gros rire, en te regardant du coin
de l'œil, lorsque tu imitais le prêche de cet imbécille *Ferrond*, le sorbonnien.

— Oui, ce matin.... mais en revenant de
notre procession au Petit-Châtelet, je me suis
senti triste et dormeur ; j'ai dormi, j'ai rêvé ; et,
en rêve, mon pauvre Anastase ! je t'ai vu, criant
sous la torture, entre un moine et une jeune
fille.... J'en suis encore tout troublé, tout chagrin.

— Folie ! mon Baptiste. Un esprit aussi net
que l'est le tien, n'ira pas s'égarer dans la *seconde*

vue avec M. Michel Nostradamus, de *Salon*.

— Tu veux donc que je chante toujours ?...
Eh bien ! soit ; au diable dame *Pénie*, autrement dite *souffretée*, mère des neuf Muses, à
ce qu'assure M. Rabelais !... Foin de la nécro-
mancie et du rêve ! j'aime mieux boire, et battre
un cardinal.

— Pâque-dieu ! compère ! aurait dit l'inven-
teur de la poste aux lettres et l'assassin des *Ar-
magnac*, il faut à votre bâton des cardinaux !
— s'écria Beauchêne en retrouvant toute sa
gaîté.

— Et des princes lorrains, » dit en riant, et
à demi-voix, Crocoëzon. Puis il mit le doigt sur
ses lèvres ; Anastase alla s'assurer si personne,
au-dehors, ne pouvait entendre.

« Et des princes lorrains, Baptiste !... mais
ne me racontes-tu pas un gai rêve ?

— Une réelle vérité ; un fait accompli, non
en somnolence, mais tout éveillé... et dans la rue.

— Heureux Baptiste! tu as battu un cardinal!

— Ce matin.

— Ce matin!

— Tandis que tu t'échauffes la cervelle au feu insaisissable des amours de Platon, moi, je consulte *Rondibilis*, médecin de *Panurge*, et lorsque je lui dis : « Maître, dois-je un jour me marier? » lui, me répond : « plutôt que de vivre » dans un sot commerce, pratique la *macération* » *de la chair*, comme l'entend *Fray Scyllino*, » prieur de Saint-Victor-lès-Marseille. » Sur la foi donc de mon médecin et de l'ordonnance du prieur, me sentant le cœur tout élabouré par la tendresse, je suis descendu au premier chant du coq, portant sous ma cape mon cornouiller confesseur. Je suis sorti par la petite porte du jardin, dont la clé est en notre pouvoir, et, de la rue des Carmes, je me suis élancé en quelques bonds, tant la concupiscence qui espère sert à rendre léger!.. dans la Coulture-Sainte-Catherine.

» Là, honnête Anastase, je connais en un petit bouge, épargné par les sergens du Palais, une sainte aux cheveux noirs, aux appas rondelets, qui ne rougit qu'à un seul nom, celui de Crocoëzon... Dix pas encore, et je tenais le marteau de la porte, et j'allais, pour *Glorienne Macou*, faire l'office de l'Aurore aux doigts de rose; lorsque je m'arrête devant la maison aux grandes fenêtres, d'une folle de son corps, hardie ribaude, venue de Rome pour chercher à Paris de quoi payer les indulgences : de cette maison partait un grand bruit ; des cris de folle et de fous!.. La porte s'ouvre... un homme, enveloppé dans une longue cape, rudoie un tout jeune gars portant une fraise et une dague : le gars se laisse battre, et crie sans se défendre..... c'est un page!... Je m'avance.... je m'adresse au truand qui abuse de sa force.... c'est le cardinal de Lorraine !...

 le cardinal ?

— Lui-même!... le brûleur, le pillard et l'impudique! Mon esprit était monté au ton de la procession qui devait avoir lieu le jour même; mon cornouiller s'est levé jeune et hardi, et, sous le prétexte de défendre un pauvre opprimé, j'ai battu le cardinal. (1)

— Heureux Crocoëzon!

— Tellement heureux, que la macération de la chair du prince lorrain m'a dispensé de macérer la mienne. Satisfait d'avoir entendu blasphémer et sacrer le ministre du roi, notre sire, je suis revenu en trois enjambées pour assister à la prière du collége.... Lorsque tu m'as entendu imiter Ferrond, le sorbonnien, je répétais un de ses prêches sur la concupiscence. »

(1) Historique.

RÉGNER DE LA PLANCHE. — *Hist. de François II.*

JACQUES FERROND.

VII

C'était un page du prince de Condé qui, posté
chez la courtisane romaine, pour s'y assurer d'un
fait, avait été surpris dans sa cachette par le
cardinal de Lorraine, et par ses cris, proba-

blement volontaires, avait suscité au prélat sa
fâcheuse rencontre avec Crocoëzon. Le page re-
dit tout à son maître ; le prince de Condé ne
s'en fit faute dans les Tournelles, et le ministre
fut obligé, pour diminuer le tort de sa visite
anti-canonique, de grossir le nombre des assail-
lans et de criminaliser leurs intentions ; ainsi,
il soutint avec effronterie que six huguenots l'a-
vaient assailli, aux cris de *Vive Dubourg!*

Après que la procession des écoliers eut ajouté
à l'intérêt que l'on pouvait porter à l'infortuné
conseiller, le cardinal associa hautement ce grief
à l'insulte dont il disait avoir été victime, et
s'autorisa de cette connexité pour user d'infâmes
rigueurs contre le héros de la *mercuriale*. Il le
fit enlever du Petit-Châtelet et porter, de nuit,
à la Bastille, où on l'enferma dans une *cage de
fer.* (1)

(1) Histoire de François II.

On peut prévoir que la colère du cardinal de Lorraine aurait bien voulu pouvoir s'en prendre à l'insolent qui l'avait frappé. Étourdi par l'attaque et la violence des coups, il lui avait été impossible de dévisager son agresseur et de prendre le signalement de son costume ; ce dont il se rappelait uniquement, c'est que le drôle était rieur, c'est qu'il avait lu la Bible, c'est qu'il avait le bras énergique ; car, en le bâtonnant à outrance, il riait aux éclats ; et, en riant, il lui criait ce verset du livre de Job :

Vous le visitez le matin, et aussitôt vous le mettez à l'épreuve.

Les *agens secrets* et les *fonds secrets* ne sont pas d'invention moderne. Sous le règne de Henri II, une somme de *vingt mille francs par mois* était attribuée, sans qu'il y eût de comptes écrits, à la solde d'agens secrets, qui gagnaient leur argent, comme le gagnent toujours ces sortes de gens, en grossissant par des mensonges les rapports dont ils étaient chargés. Le zèle de ces espions parvint à compromettre un assez grand nombre de bourgeois ou hommes de cours, qui, successivement amenés devant le cardinal, et sans en savoir le motif, en furent quittes pour la peur.

Le prince lorrain n'avait ressenti, en présence d'aucun d'eux, cette électrique commotion, mystérieux avertissement des sympathies ou des haines : il avait donc, faute de victime, ajourné sa vengeance.

François de Guise, son frère, peu temporiseur par nature, méditait sans relâche sur le moyen de compromettre l'abbé de Saint-Germain-des-Prés, persistant instigateur des mauvais propos de Mme de Valentinois, et peut-être inspirateur des pamphlets et placards dirigés contre les deux *colonnes* de la France ; ainsi se qualifiaient le cardinal et le lieutenant-général du royaume.

La procession des roses, en éveillant l'attention du gouvernement, fit naître dans l'esprit de François de Guise une étrange idée. Le nom de Baptiste Crocoëzon, écolier de Presle et meneur de la procession, lui fut répété; les facultés exécutives de ce Baptiste lui furent citées; et, à quelques jours de là, au moment où Crocoëzon allait rentrer dans son collége, avant l'heure du couvre-feu, six hommes d'élite le saisirent, le bâillonnèrent, puis l'emportèrent, prudemment bridé et un bandeau sur les yeux. Lorsqu'il s'aperçut que ses membres et sa vue étaient libres, il se trouva dans une galerie très-éclairée, meublée de statues en pierre et en marbre, représentant des rois de France; les deux issues de cette galerie étaient fermées.

« Voyons, — se dit l'intrépide écolier, — saint Grégoire, saint Cyrille de Jérusalem et Jean de *Sarisbury*, évêque de Chartres, ont modifié la croyance dans l'interprétation des songes; il faut obéir aux saints, fussent-ils des

évêques, et ne pas me mettre à bâtir un palais,
parce que je rêve de statues et de riche galerie!
— On l'avait assis sur un banc de marbre; il se
leva, fit quelques pas. — Mais non, je ne rêve
pas; des brelandiers et des rufiens m'ont apporté ici!... Par la messe! vais-je passer la nuit
sous ce porche? Mieux vaudrait pour moi la
pauvre chambrette de Glorienne Macou! du
moins pourrais-je occuper ma veillée. Que dire
à ces rois français qui ont tant aimé leur peuple? La vérité?.. ce serait trop tard... Pas une
amusette! — s'écria-t-il avec un dépit comique.
— Répéter une leçon de M. Ramus devant ces
grands monarques? c'est sottise de parler à des
sourds!.... Encore, si, comme le *yan-gant-y-
tan* des Bretons, je pouvais faire tourner cinq
flambeaux sur mes cinq doigts, avec la rapidité
d'un dévidoir! jeux d'adresse fécondent les res-
sources de la vie.... Zénon dit que le sage ne
doit point rester dans la solitude.... Ohé!....

truands, amorabaquins, papes ou cardinaux,
montrez-vous : parlez! que je sache enfin si
j'existe!... »

Une porte s'ouvrit ; un archer, l'arquebuse sur
l'épaule, se présenta, et fit signe à Crocoëzon
de venir à lui ; l'écolier obéit et suivit le soldat.
Après avoir traversé deux pièces richement
meublées, mais mal éclairées, il fut introduit
dans un grand cabinet, illuminé par le feu de
dix bougies. Un seigneur, vêtu d'un riche pourpoint de velours écarlate et d'un haut-de-chausses
en satin blanc, était étendu dans un vaste fauteuil, auprès d'une table chargée de papiers. Ce
seigneur, en voyant entrer Crocoëzon, l'examina
avec curiosité, laissa passer un sourire sous sa
moustache, et, du geste, invita le jeune homme
à s'asseoir sur un pliant placé à respectueuse
distance.

« Vous avez nom Crocoëzon ?

— Oui, Messire ; et vous avez, par-dessus

moi, science et richesse, car je suis pauvre et je ne sais pas votre nom.

—Je suis François de Guise, Messire écolier. »

Crocoëzon fit un léger mouvement sur son siége et une étrange grimace.

« Quelles étaient vos pensées en attendant, seul, dans ma galerie?

— Elles étaient variées, Monseigneur, — répondit l'écolier avec sang-froid.

— Mais encore?

— D'abord, je me suis dit, voyant la netteté des pierres et le poli du marbre : voilà un vestibule qui promet une demeure plus habitable que celle du palais *Saint-Marc*, à Rome, où notre roi Charles VIII trouva de la vieille paille et de sales chandelles attachées aux portes et aux cheminées....

— Vous vous êtes dit cela ! — demanda François de Guise d'un air joyeux, parce qu'il devinait l'étrange fermeté de ce caractère.

— Et encore, — reprit Baptiste, — j'ai admiré l'esprit du sculpteur qui, à coups de maillet, a fait courageusement l'histoire de ces rois, ornement de votre galerie.

— Comment?

— Qui; les fainéans ont les bras mous et pendans; les belliqueux ont les bras agissant; le couard Louis XI est tout souriant; c'était un si bon homme!...

— Doucement, compère! — interrompit le duc en déguisant sa gaîté; — n'oubliez pas que celui qui vous écoute marche à côté de Henri II, descendant du grand roi Louis XI....

— Pas en ligne directe, Monseigneur, » objecta Crocoëzon sans se déconcerter.

François de Guise, tout en prévoyant le parti qu'il pourrait tirer d'un tel homme, comprit qu'il lui faudrait ménager son jeu, pour éviter de se heurter contre une résistance qui ne connaîtrait pas la crainte.

« Ainsi, voilà toutes vos réflexions, après l'enlèvement qui vous traduit devant moi?

— Quant à ce qui est de l'enlèvement, Monseigneur, j'ai recommandé mon âme à Dieu, mon corps à l'embaumeur de Montfaucon, et mes nippes au plus pauvre des écoliers.

— Vous vous saviez d'avance en état de péché mortel?

— Au regard des hommes, c'est possible, Monseigneur.

— Vous êtes, m'a-t-on assuré, le chef de la mutinerie des écoles?... Vous conduisiez le charivari donné insolemment à l'honnête conseiller Dulion?... Vous conduisiez l'insolente cohue qui s'est présentée devant le Petit-Châtelet?

— Vous avez dit vrai, Monseigneur, — répondit nettement Crocoëzon.

— Vous connaissez l'édit qui punit de mort le luthérien et celui qui l'assisterait?... Seriez-vous luthérien?

— Monseigneur, je suis catholique, parce que, comme *Philippe Mélanchton*, qui est né dans le Palatinat du Rhin, je pense que, si la religion réformée est la plus plausible, la religion catholique est la plus sûre.

— Assez, drôle! assez! — dit le duc de Guise avec hauteur. — Irrévérencieux et bavard, vous êtes vraiment l'enfant d'un collége où prêche un Pierre Laramée!

— Oh! Monseigneur, — répliqua vivement l'écolier, qui, peu soigneux de sa propre défense, ne voulait donner prise sur le maître qu'il aimait; — si M. Ramus n'aime pas infiniment messieurs de la Sorbonne, du moins il honore et chérit le nom des Guise, ses bienfaiteurs.

— Il est vrai, — dit le duc, radouci par le sentiment généreux qu'il venait de surprendre chez l'écolier; — il est vrai; c'est mon frère qui l'a rappelé, en 1551, dans ce collége de Presle... mais il devrait mieux vous enseigner la crainte

8..

et la sagesse.... De quoi vous mêliez-vous, petit écolier que vous êtes, en allant complimenter ceux qu'a frappés la justice du roi?

— Monseigneur, quand les grands se taisent, Dieu fait parler les petits.

— Touche là, Crocoëzon! » s'écria le lieutenant-général du royaume, en tendant sa main à l'écolier.

Baptiste répondit à cet appel bienveillant, sans paraître plus ému par une caresse que par une menace, et jeta sur le duc un regard plein de finesse, qui aurait pu vouloir dire : le tigre a faim, ménageons-lui ses morceaux.

« Ce vrai courage me convient! — reprit François de Guise, — et à ce point, mon écolier, qu'il m'inspire confiance en un projet. — Il y eut une pause. — Vous êtes mal, vous autres gens de l'université, avec ceux de l'abbaye de Saint-Germain-des-Prés?

— Vieille querelle, Monseigneur.

— Eh bien ! Crocoëzon, il faudrait lui rendre verdeur de jeunesse, à cette querelle, » dit le duc, sur un ton encourageant et délibéré.

L'écolier jugea qu'il devait se tenir sur le qui-vive.

« Comment, Monseigneur ?

— Oui, fin matois, qui paraissez ne pas comprendre, et à qui je veux bien dire à l'oreille une de ces pensées que je garde sous ma coiffe; oui, il me conviendrait assez que l'insolent Val-bomel reçût les étrivières par ceux des écoles... les prétextes ne manquent pas...

— Sans doute ! — fit Crocoëzon.

— Le mauvais vouloir de l'abbaye contre l'université est assez notoire... Voilà tout-à-l'heure le Pré-aux-Clercs, lieu destiné par privi-lége aux ébats des écoliers, envahi par des mai-sons, dépendances de l'abbaye...

— Sans doute ! — fit Crocoëzon.

— Je sais que la rente de *quarante livres*, due

par les religieux de Saint-Germain à l'université pour deux écoliers tués, est tombée en désuétude.

— Eh bien! Monseigneur?

— Eh bien! Crocoëzon? »

Les deux questions furent échangées avec une égale subtilité d'intention.

« Écolier de Presle, je pardonnerais une habile mutinerie qui mettrait le Valbomel en un sac, et le sac dans la rivière de Seine.

— Nenni! — fit Crocoëzon.

— M'avez-vous entendu, étourneau? demanda le duc de Guise, désappointé.

— Monseigneur, j'habillerai ma réponse avec un dire breton (1) qui me paraît raisonnable en la circonstance : « Moi, donner un semblable scandale! autant faire mon paquet et quitter le pays! »

---

(1) *Mé! ó ber eunn dra è gis sè! kouls è vé d'in ober, va fak ha mont em Iró.*

Guise s'était fourvoyé; il avait trop compté sur l'imprudence ordinaire à la jeunesse; il avait trop espéré de ce caractère aventureux, tel qu'il lui avait été dépeint. Il reprit d'une voix comprimée :

« De sorte qu'au regard du duc de Guise, vous allez, compère, montrer la prudence du serpent?

— Monseigneur, de toutes les origines, celle qui résulte de *Richard-Borel* m'a toujours occupé l'esprit : il était clerc et possédait le fief *de Belcombre*, à charge d'exécuter lui-même les malfaiteurs de sa contrée... C'est de lui qu'est venu, par corruption, le mot de *bourreau*. » (1)

La porte s'ouvrit avec vivacité. François de Guise, mécontent qu'on le trouvât en telle compagnie et à cette heure, s'écria durement :

— Qu'est-ce?.... que me veut-on?

(1) 1260.

— Il s'agit d'affaire urgente, » répondit le cardinal de Lorraine, en s'avançant près de son frère ; et, arrivé près de la table, il aperçut Crocoëzon. La figure du ministre se contracta péniblement ; l'écolier de Presle, malgré son courage, se sentit aussitôt un grand froid en présence de ce dignitaire qu'il avait si rudement traité, et sous la main duquel il pouvait en ce moment tomber, à son tour, sans qu'il y eût sur lui la plus petite information judiciaire. Le cardinal et Crocoëzon s'entre-regardèrent du coin de l'œil.

« Monsieur mon frère, vous n'êtes pas seul !... Quel est ce jeune gars ?... ce visage grotesque ne m'est point inconnu ! »

François de Guise sourit de l'erreur qu'il attribuait à son frère, et, se gardant bien d'avouer ses intimes projets contre l'abbé Valbomel, devant un cardinal qui, peut-être, défendrait la robe aux dépens de la consanguinité, il se hâta de répondre.

« Non, Monsieur le Cardinal, vous ne pouvez connaître ce jeune drôle ; c'est le parent d'un
mien serviteur ; il est arrivé d'Amiens ce matin
même, pour me transmettre une réponse que
j'aurais désirée plus favorable. Assez entre nous,
Jacques Ferrond ; faites place à mon illustre
frère... Retenez-vous pour dit, que, n'étant que
messager dans cette affaire, il vaudrait mieux
pour vous mourir que parler. »

L'accès de fièvre froide qui avait saisi Baptiste
Crocoëzon se dissipa aussitôt aux étranges paroles de François de Guise ; il apprécia le motif
qui commandait la discrétion de celui-ci, et,
replacé subitement sous l'influence d'une protection assurée, il reprit, avec sa tranquillité,
sa hardiesse moqueuse. En frappant le cardinal,
il lui avait adressé un verset du livre de Job ;
en le saluant, ainsi que son frère, il eut l'im-
prudente audace de porter un défi à tous les
souvenirs de sa victime, en récitant, pour ac-

compagner son salut, cet autre verset de Job :

Vous m'avez comblé de bienfaits, et la continuation de votre secours a conservé mon âme.

François de Guise fit un signe d'intelligence ; le cardinal pâlit ; il se tourna brusquement vers la porte.

« Mais cet homme qui sort parle un jargon que j'ai déjà entendu !

— Je vous répète, mon frère, qu'une ressemblance vous trompe... c'est *Jacques Ferrond*, arrivé ce matin même d'Amiens.

— Où était-il, il y a huit jours ?

— A Amiens, » dit le duc de Guise en riant aux éclats de la préoccupation du cardinal de Lorraine.

LES NOCES ET LA MORT.

VIII

« Il est possible de sortir vivant du ventre de
la baleine et de la gueule du loup, mais je ne
sache pas qu'en aucun pays homme se soit retiré
sain et sauf des griffes de deux tigres, » pensait

Baptiste Crocoëzon en gagnant à grands pas ce petit bouge où vivait, en la Coulture-Sainte-Catherine, une Glorienne Macou, *sainte* aux cheveux noirs; et l'écolier, pensant aussi vite qu'il marchait, achevait sa course, peu longue d'ailleurs, en laissant vagabonder son esprit.

« Voyez-vous ce M. François de Guise, il a d'agréables idées, lorsqu'il a le temps de s'y livrer! Ce larron tient la France entière entre ses dix doigts; et tandis que le roi Henri joue à la paume avec ses flatteurs, à l'escarpolette avec les dames, lui se divertit dans le maniement des choses et des hommes de ce pauvre royaume! il pend les uns, pille les autres, brûle ceux-ci, écorche ceux-là; enfin, il peut tout! et voilà qu'il s'avise d'aller jeter sa ligne sur la place Sainte-Geneviève, pour y pêcher, heure indue, un Crocoëzon! Le noble sire, il veut mettre en un sac un puissant abbé, et c'est la main d'un écolier qu'il va choisir pour faire plonger le

sac et l'abbé dans la rivière de Seine ! Merci !
de sorte qu'au moment où le chapitre de Saint-
Germain irait en chasse, le François de Guise
saurait à propos lancer dans les fumées l'infortuné Crocoëzon ! Gloire à M. de Guise et à son
frère le cardinal !... C'est incroyable, comme
ces grands ont l'art de se redresser sous le bâton !... J'ai frappé celui-ci à grand renfort de
cornouiller : il n'en est que plus droit !.... J'ai
vu le moment où il me reconnaîtrait ; mais
l'autre, qui veut manger le Valbomel à lui seul,
m'a baptisé du nom de *Jacques Ferrond...* Quand
je voudrai m'habiller en coquin, je prendrai ce
nom ; c'est celui d'une connaissance de François
de Guise. »

Il arrivait devant la petite maison sise en face
de la riche habitation de la courtisane romaine ;
il frappait trois coups ; une petite lueur appa-
raissait près d'un vitrage ; une fenêtre s'ouvrait,
et une voix un peu enrouée, disait : « Mes-

sieurs du guet, ce n'est l'heure de mal faire ;
notre maison est dans le silence et ses habitantes
dans le sommeil.

— Calme de la vertu ! — pensa Crocoëzon. —
C'est moi, dit-il à pleine voix ; — moi ! entends-tu, servante du temple... *je suis celui qui
est*... je suis le médecin de l'âme et du corps de
Glorienne.

— Ah ! le bon gars !... c'est Baptiste ! » cria-
t-on de la maison.

La fenêtre fut fermée ; la porte s'ouvrit et
l'écolier de Presle franchit le seuil !

. . . .

. . . .

Dans le temps même où le lieutenant-général
du royaume préméditait une embuscade écolière
contre l'abbé de Saint-Germain-des-Prés, Valbomel et le nouveau curé de Sainte-Marine tra-
maient les fils de cette toile d'araignée sur laquelle devait s'abattre un des la Bourcadière.

Fra-Jéronimo était incapable de ressentir une
de ces passions intelligentes qui, dans l'idéalité
même de leurs transports, puisent des souffrances morales où la vie s'absorbe, se délabre et
s'éteint. Il aimait avec la volonté des sens ; tant
que Maguelone s'était trouvée à portée de ses
regards et de ses désirs, tant que la possibilité
du succès lui avait paru présumable, il avait
obéi aux instincts de son amour physique, et
s'était audacieusement jeté dans les bois pour y
suivre la trace de cette jeune fille, objet de sa
convoitise. Mais les événemens avaient étrange-
ment contrarié les projets de Jéronimo, et changé
son attitude aussi-bien que celle de Maguelone :
placé par les actes du baron de la Bourcadière
dans des circonstances aussi violentes qu'il
pouvait les aimer, ayant à venger ensemble et
la déconvenue de son brutal amour, et l'insulte
faite aussi-bien à sa robe qu'à sa personne,
l'ancien cordelier avait laissé faiblir les sensa-

tions qui l'avaient ému pour la chevrière, afin
d'en reporter toute la sagacité contre l'incendiaire de la maison Bâzin. De sa tendresse pour
la fille de Jean Gabiou, il ne lui restait donc
que le désir de la confondre avec ses ennemis,
sauf à ne briser que sa vertu, lorsqu'il l'aurait
attirée sur la toile fatale qu'il allait tendre de
Sainte-Marine à l'hôtel de Guise, et de l'hôtel
de Guise au quartier de Sainte-Geneviève.

Quant à Timoléon, depuis le terrible adieu
qu'il avait reçu de Marie Stuart, il éprouvait
une incessante colère, une angoisse d'humiliation dont l'effet ne pouvait manquer de précipiter sa pensée dans la voie des vengeances
triviales. Exposé, avant même que de se connaître, aux rayons d'un amour qui avait son foyer
dans les sphères élevées de la royauté; faute
d'aplomb, de tact, et à cause même de son
innocence, précipité brusquement des hauteurs
de cette atmosphère où gravitait la jeune reine

d'Écosse, éclatante constellation auprès de qui il fallait oser se perdre pour être heureux ! Repoussé sur la terre avec le nom de Maguelone, et au milieu des indices qui lui dénonçaient de nouveaux mépris à craindre et une rivalité à combattre, le jeune la Bourcadière accepta cette misérable condition de la plainte et de la lutte ; il se voua ou à la séduction ou à la persécution de cette jeune fille que son père avait voulu lui donner, qu'il avait dédaignée, ayant une reine à aimer ; mais il ne pouvait plus être écouté, puisque le réel amour était venu au cœur de cette Maguelone.

François de Guise, Valbomel, abbé, Fra-Jéronimo, Timoléon de la Bourcadière, en étaient donc à prendre *la préméditation pour oreiller et la ruse pour veilleuse*, selon l'expression de l'Ovide français, M. Melin de Saint-Gelais, lorsque vint à disparaître du ciel l'astre de Henri II.

9..

On mariait, aux Tournelles, *Marguerite*, duchesse de Berry, sœur du roi, avec *Emmanuel Philibert*, duc de Savoie, et *Élisabeth* de France, fille du roi, avec Philippe II, roi d'Espagne.

Pour célébrer ce double et glorieux hyménée, ce n'était pas trop d'un galas, d'un bal et d'un tournois; et, le soir de ce beau jour, la mort, convive inattendu, arrivait à cette fête et déroulait les plis de son crêpe au-dessus des Tournelles... Henri II, qu'avait renversé la lance de Montgommery, subissait, des mains de Fernel, l'extraction du fer et du bois, entrés par l'œil et logés dans sa tête.

Pendant son agonie, qui dura dix jours, le roi de France subit aussi son oraison funèbre, telle que pouvaient la lui formuler l'acharnement des partis qui déchiraient la nation, la vindicte d'un peuple malheureux et l'ingratitude des courtisans. Le peuple, entre tous les

orateurs funèbres, fut encore le plus généreux ;
bien que l'apparente sécheresse de son oraison
exprimât, par l'indifférence, le plus redoutable
mépris qui pût écraser la mémoire d'un roi, et
peser d'un poids fatal sur la pierre de sa tombe.

« Pour ses guerres, ses tournois et ses bûchers, — disait l'insoucieux populaire, — il a tant
élabouré la terre, qu'il a creusé son tombeau. »

Il mourut.

La cour partit le jour même pour Saint-Germain, et Catherine de Médicis donna la première l'exemple de l'irrévérence, en abolissant
l'usage qui imposait aux reines, devenues veu-
ves, de consacrer leur deuil par quarante jours
et quarante nuits de retraite, *hors de la vue du
soleil et de la lune;* elle partit avec son fils,
devenu le roi François II.

LES PROJETS DE RÉVOLTE.

IX

Les premiers effets du changement de règne
se firent sentir autour du trône. Il en est toujours ainsi : à nouveau roi, nouvelle enseigne ;
il est bien rare, le pouvoir tendant toujours

vers le point culminant des abus, qu'un jeune règne ne ressemble pas à une renaissance, et que cette *lune de miel*, accordée aux peuples, ne soit pas consacrée par le blâme de ce qui a précédé : si les promesses faites, au jour d'un avènement, devaient avoir un lendemain; s'il était accordé à une nation d'en voir exécuter les loyales conséquences, cette nation serait trop heureuse, et le roi, qui aurait tenu parole, serait trop regrettable ! Les faiblesses des rois, comme celles des autres hommes, ont mission d'empêcher la croyance au bonheur parfait sur la terre, et de prévenir des regrets inconsolables après leur mort.

François, dauphin, proclamé roi, un acte de haute moralité s'accomplit, à la faveur de la haine et de la jalousie : la duchesse de Valentinois fut chassée.

Toutes les intrigues en enfantement furent interrompues; il fallut travailler à nouveau, le terrain et les point d'appuis étant changés.

Henri II se plaignait de ce que la tête des princes lorrains touchait aux frises du dais royal; oncles du roi, les Guise se dressèrent hardiment sous le dais lui-même.

Ce fut le moment où Valbomel, abbé, rentra sa tête sous son capuce, et s'humilia devant le lieutenant-général du royaume, laissant prudemment à l'étourderie de Fra-Jéronimo de poursuivre l'œuvre commencée contre les la Bourcadière.

L'hôtel des Tournelles étant condamné à la démolition, pour avoir vu mourir Henri II, la cour, lorsqu'elle revint de Saint-Germain, s'installa au Louvre. Au premier cercle qui y fut tenu, François de Guise prit Timoléon par la main, l'amena près de la reine, et, croyant satisfaire à un secret penchant, lui dit d'une voix qui promettait obéissance :

« Ma reine et ma nièce, que voulez-vous que

nous fassions pour ce page, que l'éclat de vos yeux fait trembler et pâlir? »

Marie Stuart répondit laconiquement :

« Rien, mon oncle.

— Rien! — dit le duc de Guise étonné; — j'avais pourtant promis à son père de l'armer chevalier et de lui servir de parrain. »

François II écoutait : le triste prince recourait volontiers à la petite vengeance des faibles âmes; et, comme tous les petits esprits, après avoir une fois recueilli un fait ou un mot dont il pût faire un arme, il ne citait plus que ce fait, il ne disait plus que ce mot à l'ennemi qu'il voulait chagriner.

« Ah! ah! — dit-il avec sa voix grêle, — c'est ce page que j'ai fait choir sur l'estrade, devant Notre-Dame! »

Guise n'avait pas voulu que son protégé fût humilié; il répliqua sur un ton d'aigreur :

« Si ce page est tombé, mon beau neveu, c'est

qu'un duc de Guise ne lui tenait pas la main, comme je fais à cette heure ; — et se tournant vers Timoléon : — Ne craignez, mon enfant ; notre reine a oublié Marie d'Écosse, mais François de Guise n'oubliera pas les la Bourcadière. »

Si cette parole généreuse avait de quoi rassurer l'ambition, le regard glacé de la reine devait déconcerter la vanité ; cependant Timoléon s'aperçut, en se retirant dans la foule, que les yeux de Marie l'y suivaient et qu'ils venaient de se mouiller de larmes. Ce jeune homme, tout troublé par les alternatives de la peur, devant le trône, de la honte aux yeux d'une femme qui se disait offensée, ne fit plus qu'un vœu ne ressentit plus qu'un désir ; et ce désir, et ce vœu devaient le précipiter dans une situation outrée : c'est là le but et l'abîme des esprits imprévoyans et faibles.

Ce deuil de cour, après la mort de Henri II,

ne fut point un temps perdu pour le bonheur de
Maguelone et d'Anastase; ils se virent souvent.
La fille de Gabiou, placée sous la protection de
la foi jurée, n'eut sujet ni de rougir ni de se
plaindre; le fils du drapier respectait dans sa
maîtresse, qu'il adorait, la femme qu'il voulait
honorer sa vie entière. Le bon Crocoëzon fut
plusieurs fois le témoin de leur chaste entretien,
dans l'allée solitaire du jardin de l'abbaye de
Sainte-Geneviève. Entretiens bien courts, bien
intervallés! car la dame Marguerite de Melborne
vivait encore et les souffrances de sa longue agonie réclamaient une surveillance assidue.

C'était plaisir de voir Maguelone si digne en
son maintien, si élégante sous son pauvre costume, si sage avec sa beauté, marcher calme et
heureuse entre son fiancé et l'énergique, l'insou-
ciant Baptiste! Lui, toujours en avant d'une
idée ou d'un fait; sceptique et frondeur avec la
bonhomie, compagne des natures fortes, jetait

de temps à autres des phrases que déniait la confiance des jeunes amoureux, mais qui excitaient leur gaîté. Aussitôt Crocoëzon, de peur de troubler cette confiance, cette joie dont son excellent cœur aimait le spectacle, affectait de prendre ses citations dans la vie des personnages comiques qui brillaient dans ses souvenirs.

« Voilà Vancourt, cependant, l'illustre barbier des écoles, qui tant a fait rire et tant a fait danser! Vancourt qui possède une maison sanctifiée et une mare privilégiée ; qui possède une mule sur laquelle il va par la ville les jours de barbe, parce qu'aux termes du décret d'*Alexandre Sévère*, (1) les juges ne vont aux plaids que montés sur leur mule... Vancourt, que j'aime et

---

(1) *Lampridius*, attribuant à Alexandre Sévère la générosité d'un don en argent et d'une mule à chaque nouveau juge, ajoute que de là vint l'usage des juges de n'aller aux plaids que montés sur leur mule.

dont je suis aimé!... que de fois ne lui ai-je pas généreusement cité les paroles de Pierre Maillard, le prêcheur !

Ne souffre à ta femme, pour rien,
Mettre son pied dessus le tien ;
Le lendemain, la fausse bête
Le voudra mettre sur ta tête.

« Vancourt ne m'a pas cru! et le cher sire, aujourd'hui, trempe sa savonnette dans ses larmes ; il disait d'abord : « Monsieur Crocoëzon » a l'esprit jovial! Monsieur Crocoëzon a la » langue taillée en serpette! » Maintenant, sa tête est si endolorie par les horions de l'hyménée, qu'il la porte basse, malgré son grand cœur et la hardiesse de son rasoir ! »

Et la narration était si comiquement accentuée par Baptiste, que Maguelone en riait d'un franc-rire.

Ces bons entretiens furent tout-à-coup sus-

pendus par un accident survenu au jeune Beauchêne.

La mésintelligence entre l'université et l'abbaye
de Saint-Germain-des-Prés était de bien vieille
date; comme il arrive toujours dans les querel-
les mal vidées, mal expliquées, la haine entre
ces deux grands corps sommeillait et n'attendait
qu'une occasion pour se manifester : les moines
de Saint-Germain suscitèrent cette occasion.
Le *Pré-aux-Clercs*, accordé par lettre de *Charlemagne* à la jeunesse des écoles qui y venait
prendre ses ébats, avait été envahi par l'abbaye ;
plus tard, la pauvreté de plusieurs abbés séculiers les avait contraints d'aliéner l'usage de ce
pré, comme s'il leur eût appartenu en propre,
et Valbomel, se fondant sur un prétendu rachat
d'un certain *Uvalo*, abbé régulier, méconnut
un droit de propriété consacré depuis Charlemagne, confirmé par titres postérieurs, à la
date de 1267, et, sur ce pré, fit bâtir des aliéna-

tions partielles au bénéfice de son épargne, lesquelles aliénations eurent pour résultat des constructions domiciliaires, assez nombreuses pour obstruer la prairie.

Pierre Laramée, hardi lutteur contre la Sorbonne, adversaire des doctrines d'Aristote et du savant *Govéa*, avait le caractère ulcéré par des persécutions subies en 1543, sur l'ordre de François Ier : vigilant défenseur des priviléges universitaires et des droits des écoliers, il ne put voir avec indifférence l'envahissement du Pré-aux-Clercs; il en parla chaudement; et, un certain jour, les vitrages de la maison naissante d'un sieur Bailly, commissaire au Châtelet, furent brisés à coups de pierres; de la maison partirent cinq coups de fusil qui tuèrent un écolier breton, un avocat, et blessèrent à l'épaule gauche Anastase Beauchêne.

Grand émoi dans les colléges !

La confrérie secrète des écoles réorganisa,

par l'intermédiaire des élèves *martinets*, ses moyens d'association et de défense. Les colléges de Navarre, de Boncourt, de Laon, d'Harcourt, du cardinal le Moine, du Plessis... firent parvenir à Baptiste Crocoëzon, élève de Presle et disciple de M. Ramus, un titre de préséance sur tous écoliers, et en vertu duquel il pouvait convoquer les vingt-quatre chefs de la confrérie, pour, les écoles réunies, marcher en armes au premier avis de sa décision, au premier appel de son commandement.

Crocoëzon, l'intelligence insurrectionnelle par excellence, l'organisation la plus éminemment chevaleresque et belligérante, montra dans cette grave conjoncture la rare et naïve bonté de sa nature, la pieuse vérité de son amitié. Quoique la blessure d'Anastase fût légère, Crocoëzon ne quittait son chevet que pour aller en la rue Bordet, devant les fenêtres de la maison habitée par Marguerite de Melborne ; et là, faire à

10..

Maguelone un signe qui voulait dire : « Patience ! il n'y a pas de danger pour lui ! » Il revenait, et disait au malade, avec sa voix franche et expressive :

« J'ai vu son charmant sourire de reconnaissance, pour Dieu qui t'a sauvé, pour moi qui suis ton messager : j'ai vu aussi deux belles perles tomber en larmes sur ses joues pâlies par l'inquiétude. »

Lorsque parvint au collége de Presle le titre de préséance décerné à Crocoëzon, il poussa un cri de joie, lança sa toque au plafond de la chambrette, et formula ses projets par ces mots :

« Vive M. Ramus !... Le seigneur de *Montbrun*, (1) habillé en arlequin et la jambe nue, tenait la bride du cheval de l'abbé de Figeac ; Baptiste Crocoëzon, habillé en truand, va tenir

(1) Vieille chronique.

la bride du cheval de l'abbé de Saint-Germain !
nous allons nous divertir !...

— Je crains, Baptiste,—interrompit Anastase
d'une voix affligée; — je crains qu'une mutinerie à laquelle je ne puis me dispenser de prendre
part, puisque tu la diriges, ne porte malheur
à cet amour qui s'est emparé de ma vie, n'étei-
gne ce flambeau d'hyménée qui, comme le feu
pur d'une belle lampe de vermeil, éclaire mes
rêves et mes insomnies !...

— Tu as raison, — dit Crocoëzon, revenant
brusquement sur lui-même; —flamme d'incendie n'est pas faite pour éclairer couchette d'a-
mour !... Cris de mauvais garçon en mutineries,
chanteraient d'une façon trop discordante les
hymnes du mariage... D'ailleurs, ta blessure est
d'un mauvais pronostic pour un combat... Ta
petite Maguelone pleure; elle mourrait! et moi,
pour vos deux morts, j'aurais à faire pénitence,
sans y trouver remède ni consolations !... Déci-

dément, la mutinerie n'aura pas lieu... des carreaux cassés, voilà tout!...

— Vraiment, Baptiste! — s'écria Beauchêne attendri, car il comprenait le sacrifice que lui faisait son ami; — vraiment! tu écoutes le seul intérêt d'un pauvre amoureux?... Mais les écoles?

— Elles se tairont.

— Mon Baptiste!... mon frère!... tu sais bien que je te suis dévoué : ce n'est point assez !... impose-moi une tâche à remplir, au regard de toi, ma vie durant !...

— Sois heureux, voilà la tâche que je t'impose, — répondit Crocoëzon d'une voix mélancolique qui ne lui était point ordinaire.—C'est convenu, reprit-il, en secouant ses idées; je rentre l'épée dans le fourreau... L'abbaye de Saint-Germain en feu, c'eût été pourtant un beau cierge pour l'avènement du petit roi scrofuleux!... *Amen!* M. Ramus est un grand homme!... et maintenant, je cours tranquilliser ta Maguelone, qui m'attend au jardin de Sainte-Geneviève.

— Baptiste, — dit Anastase tout ému, — dis-lui bien ce que tu consens à ne pas faire, à cause d'elle et de moi!... dis-lui... »

Crocoëzon n'était plus là pour entendre.

UNE MORT SANS PRIÈRES.

X

Quelle ne fut pas sa surprise en apercevant,
dans la profondeur de l'allée du jardin de l'abbaye, Maguelone, qu'un homme enveloppé dans
un grand manteau semblait retenir forcément

par la main. En trois bonds il fut près de cet homme, et son regard, aussi sagace que son esprit, reconnut tout de suite, malgré la différence du costume, le moine cordelier qu'il avait rencontré dans la forêt voisine de Châtenay.

« Par saint *Guignolet!* (1) qui guérit les femmes de la stérilité, vous paraissez, mon Père, en humeur de fécondité! » dit-il en serrant au poignet, avec ses doigts de fer, le curé de Sainte-Marine.

Maguelone pleurait : un rayon de joie passa sur son visage, lorsqu'elle vit l'ami d'Anastase. Fra-Jéronimo, malgré sa stature et la virilité de son âge, sentit avec surprise que le jeune écolier était de force à lui briser les os; il lâcha la

---

(1) Légende des Vosges.

Saint Guignolet, célèbre entre les bonnes âmes,
De la stérilité veut bien guérir les femmes.

main de Maguelone, et se retranchant dans la dignité de son caractère :

« Arrière.... mutin!... retournez sur les bancs de la classe, et laissez cette folle recevoir l'admonition due à sa conduite.

— Maguelone, — demanda Baptiste avec fermeté, — que vous veut ce prêtre ?

— Me nuire, Messire... nuire à mon père... — répondit la jeune fille, qui se sentait assurée d'une protection.

— Vous nuire! — s'écria Jéronimo ; — vous nuire! langue perverse et menteuse!... parce que je rappelle à votre conscience que, née *fille de corps* de l'abbaye de Saint-Germain... vous avez déserté le giron de votre seigneurie, pour vous faire, en toute liberté, impudique et mécréante!

— Oh! il ment! j'en adjure ma dame la Vierge!... il ment, Messire Crocoëzon ; il ne disait pas cela !...

— Fille de corps de l'abbaye de Saint-Germain!... elle!... cette petit Maguelone, la fiancée d'Anastase!— s'écria Baptiste en riant;— mais, mon Père, vous avez marché sur l'herbe qui égare!... Messire *Guy de Chauliac*, qui a inventé le trépan, vous a enlevé la cervelle!... C'est le grand roi François II qui règne!... c'est le cardinal de Lorraine qui gouverne! c'est madame la reine-mère qui intrigue, parfume la cour et fait de l'astrologie!... Rappelez-vous donc le bon temps où nous sommes!... Que parlez-vous de fille de corps? mais du XIIIe siècle date l'affranchissement de la contrée où naquit cette enfant.... vous êtes bien vieux pour dire la messe en 1559!...

— Mutin et irrévérencieux écolier, — s'écria à son tour le curé de Sainte-Marine exaspéré, — je vous dis que le père de cette folle, revenant de l'armée, se vendit...

— Ma mère allait mettre au monde, Messire;

elle n'avait ni eau, ni paille, ni pain, ni gîte !
— interrompit Maguelone en fondant en larmes.

—Assez! assez! cria Crocoëzon d'une voix de
tonnerre et arrêtant ses yeux flamboyans sur les
yeux encore impudiques de Jéronimo. — Moine
ou curé, peu m'importe! cette Maguelone est
sous ma garde, parce qu'elle est devant Dieu,
devant son père, devant messire Beauchêne, drapier, la fiancée d'Anastase Beauchêne, mon
ami... Si Jean Gabiou s'est vendu, Anastase le
rachètera; mais, croyez-moi, moine, curé,
sergent au diable, représentant de l'abbé Valbomel, diminuez vos prétentions, car au moment où je vous parle, cette fille vous est en
aide pour la protection de vos corps et de vos
biens, plus que ne le pouvez imaginer!... et
maintenant, vous dis-je, assez!... Vous faut-il
une fillette en votre clapier, saint homme ?
montez au *mont Valérien*, de Surênes; là, trou-

verez une *Guillemette Faussard*, (1) de la paroisse de Saint-Sauveur, qui, pour la remise des péchés d'autrui, passe des nuits sans plaisir, des jours sans bombance; jeûne, prie et s'ennuie fort! vous l'aiderez à puiser de l'eau, heure nocturne, en la rivière de Seine... Ai-je dit, mon Père?... Vous savez maudire, je le sais; mais moi, qui crois en Dieu, cela m'est indifférent... Maguelone, arrière... nous avons à deviser ensemble sur le cher Anastase... Quant à vous, frère servant de l'abbaye où l'on fait assassiner les écoliers, dites bien à Valbomel, abbé, que le jour où il entendra rire Crocoëzon, sera pour lui un jour de pénitence! »

Le sens de cette étrange et audacieuse allocution pouvait ne pas paraître bien clair à Jéronimo, et ne rien lui ôter de son animosité; mais celui qui parlait était ce Baptiste Crocoëzon, cé-

(1) *Antiquités de Paris.*

lèbre par-delà les enceintes de l'Université;
c'était cet écolier, déjà plus savant qu'un sorbonnien, déjà plus redoutable que la prévôté
de Paris avec ses sergens! Le curé de Sainte-
Marine ne se sentait aucune des forces nécessaires pour lutter en face contre un tel adversaire:
il se vengea pour le moment avec un regard et
un sourire, et s'éloigna.

Maguelone eut besoin d'être soutenue par le
bras de Baptiste Crocoëzon; la pauvre petite fléchissait sous le poids de son épouvante: supers-
titieuse et portée aux alarmes, comme toutes
les natures délicates et impressionnables, elle
envisageait, dans le caractère de cette scène
orageuse, des malheurs à venir qui déconcer-
taient son espoir et troublaient sa raison.

L'ami d'Anastase, doué de cette réelle puissance morale qui, le danger vaincu, se rassied
calme dans son équilibre et sa raison, poussa
un grand éclat de rire, et comme s'il eût con-

tinué une joyeuse conversation avec un écolier :

« Vous verrez, petite Maguelone, que ce prêtre fera un *homme de fagot*, dont saint Agnan et saint Martin, qui guérissent de la teigne, ne voudront pas même racheter la robe !

— Hélas ! messire Crocoëzon, — dit la fille de Gabiou d'une voix pleine de tristesse, — je crains pour mon salut et pour le vôtre !...

— Femmelette doit toujours craindre ! — répliqua Baptiste d'un ton dégagé. — Écoutez, petite amie d'Anastase, ce qu'il me charge de vous apprendre... sa blessure est guérie...

— O Sainte-Vierge ! ma prière est montée jusqu'à toi ! — dit Maguelone avec une ferveur reconnaissante.

— Sans doute, sans doute, et la guérison est descendue de là-haut, si complète et si prompte, qu'Anastase demande à Maguelone de venir, dimanche prochain, heure de vêpres, en la mai-

son de Saint-Julien-le-Pauvre, recueillir le sou-
rir du convalescent et le baise-main du fiancé.

— Pourquoi pas en la maison *des Cerneaux,*
chez le père d'Anastase ? demanda Maguelone
étonnée.

— Le blessé est trop faible encore pour en-
treprendre une si longue course..... la balle,
petite Maguelone, lui avait cruellement élabouré
l'épaule.

— Oh ! — fit la jeune fille en frissonnant; —
mais en la maison de Saint-Julien-le-Pauvre !
reprit-elle avec scrupule.

— J'y serai, dit naïvement Crocoëzon.

— Oui, je sais bien ; mais encore...

— Votre père y sera....

— Mon père !... mon bon père ! ô messire
Baptiste, vous irez au ciel, êtes si bon! » s'é-
cria l'enfant toute joyeuse de l'idée que l'ami
de son cœur n'avait point voulu l'entraîner à
une démarche périlleuse et compromettante.

11..

Crocoëzon comprit sa joie.

« A donc, reprit-il, un des serviteurs du collége partira demain matin pour le manoir de la Bourcadière, et dira à Jean Gabiou d'être, heure de midi, dimanche, en la maison de Saint-Julien.

— Dix heures, Messire! dix heures! que j'aie le temps de voir et d'embrasser mon père !

— Mon message est rempli, petite. Maintenant dites adieu à Baptiste ; et, sans peur, je vous suis du regard, retournez en la rue Bordet. »

Lorsque Maguelone revint s'asseoir auprès de ce lit où languissait la dame de Melborne, elle y trouva Timoléon de la Bourcadière, qui paraissait moins agité par les gémissemens de sa tante que par l'absence de la garde-malade.

« Enfin, vous voilà !—s'écria le jeune homme avec une humeur mal réprimée ; — voilà une heure que ma pauvre parente jette des regards troublés dans cette chambre et vous cherche sans vous voir.

— Je me repens, Messire, — dit Maguelone avec humilité, car elle était chagrine d'avoir mérité ce reproche.

— Les servantes de la maison disent que souvent vous sortez et courez par la ville. »

Maguelone sourit et releva dédaigneusement un coin de sa lèvre fine. Le page de Guise marcha vers elle, l'examina hardiment, et s'irritant d'une expression de bonheur intime qu'il remarquait sur cette charmante figure, il reprit avec une colère de jalousie et d'amour :

« Je vais demander à mon père d'ordonner votre retour au manoir, entendez-vous petite fille ! l'air de cette chambre est mal sain pour vous ; le séjour dans le grand Paris vous est contraire ; vous devenez laide, votre chair s'altère et jaunit, vous souffrez... et vous devenez effrontée ! » Il cria ce dernier mot avec une voix d'autant plus irritée, que la physionomie de Maguelone conservait son calme et sa candide assurance.

« Et dès ce soir, entendez-vous, petite fille, vous retournerez au manoir... entendez-vous, je le veux !

— Je ne le puis, Messire.

— Comment ! quoi !... qu'avez-vous dit ? » Il s'empara de sa main, et le pauvre jeune homme, à ce contact qui plaisait à ses sens, ressentit une émotion qui confondait la chaleur du désir avec l'amertume de l'orgueil offensé.

« Vous ne le pouvez !... Mais, Maguelone, ce n'est point une prière, c'est un ordre que je vous adresse !

— Ne pouvant plus obéir à la digne dame que voilà privée de force et de raison.... je n'obéis qu'au baron de la Bourcadière, » répondit-elle dignement et doucement.

La voix et le geste du jeune homme s'assouplirent, ses yeux se voilèrent de larmes.

« Maguelone! — dit-il en s'inclinant devant elle, — laisse-moi te donner un ordre! et permets-moi le bonheur de te voir obéir à ma voix!... Maguelone! tant jolie petite amie, que tu deviens belle et séduisante!... N'est-il pas vrai, tu retourneras au manoir?

— La noble dame, votre tante, a besoin de mes soins.

— Elle ne peut plus en ressentir le bienfait ni en apprécier le charme!... elle est morte-vivante!

— Oh! Messire... tournez la tête... votre tante vous entend et vous regarde! »

La dame de Melborne s'agitait en effet; ses yeux, vitrés par l'agonie, hébétés par la paralysie cérébrale, semblaient reprendre une activité intelligente; ses lèvres, depuis bien long-temps immobiles, s'agitaient et paraissaient accomplir

le mécanisme de la phrase orale ; ses mains
contractées depuis plusieurs semaines, comme
par la douloureuse tension du *tétanos*, avaient
repris de la souplesse dans les articulations ;
elles se promenaient rapidement sur la courtine, et
fripaient, ramassaient en petits paquets, par des
mouvemens brusques, tantôt le drap, tantôt la
soie du rideau ; son visage, réduit à l'atonie,
reprenait de la mobilité, des teintes sanguines
s'infiltraient sous ses chairs marbrées... Pour caractériser, chez la sœur du baron, une existence
complète, il manquait la parole...

« Voyez, Messire !—s'écria Maguelone, frappée de ce brusque changement dans l'état de la
malade ;—voyez ! votre tante vous voit, et l'indignation lui rend la vie... O Sainte-Vierge !
que la guérison s'opère ! » Elle s'échappa des
mains de Timoléon, et courut auprès du lit
recueillir toute joyeuse ces premiers symptômes
de guérison.

Le jeune homme, entraîné par ce pieux exemple, s'approcha aussi, et alors l'animation de
la dame de Melborne prit un caractère étrange...
Son regard allait de l'un à l'autre avec une rapidité effrayante; elle souleva deux fois sa tête
avec effort, sembla aspirer douloureusement, puis
recueillir pour l'action d'un seul organe, toutes
les puissances de la volonté, et, à travers un
sanglot et un cri, laissa passer ce mot, le seul
qu'elle eût prononcé depuis quinze jours :

« A genoux ! »

Maguelone épouvantée tomba sur ses deux
genoux.

« Elle va mourir ! — dit Timoléon, qui
saisissait le réel caractère de cette vitalité fugitive.

— Mourir ! — fit Maguelone avec incrédulité.

— Petite, s'écria le page, oublieux de sa
piété pour la mort et de sa tendresse pour sa
tante ; — petite Maguelone, le moment est solen-

nel et redoutable !... On dit qu'une âme en quit-
tant la terre, emporte au ciel, pour le faire
exaucer, le dernier vœu qui se soit adressé à elle ;
à cette âme qui va partir je ne demande qu'une
chose, l'amour de Maguelone ! » Il avait passé
un bras autour de la taille de la jeune fille, et
la pressant contre lui avec l'énergie du transport,
il paraissait offrir à la pensée agonisante de la
dame de Melborne, le spectacle d'une alliance
impudique.

« Horreur ! et blasphême ! » dit Maguelone
en cherchant à se reculer.

La pauvre mourante voyait et comprenait ;
elle murmura deux mots inintelligibles, se dressa
à demi sur son séant, poussa un cri, et comme
si elle eût été repoussée violemment sur l'oreiller, se renversa et tomba morte.

« J'étais prophète ! — s'écria Timoléon avec
un trouble extrême, qui résultait et de sa peur
devant le cadavre de sa tante, et de son exalta-

tion pour Maguelone ; — oui, le grand *Nostradamus* m'avait doué de sa seconde vue !... mon
vœu le plus cher a été prononcé au moment favorable !... Maguelone, j'ai été entendu par l'âme
de ma tante !

— Taisez-vous ! — dit Maguelone avec autorité ; elle se leva, se pencha courageusement
au-dessus de cette tête morte, et avec respect
abaissa les paupières dilatées de sa défunte maîtresse. — Il y a eu, Messire, — reprit-elle avec
angoisse, — une malédiction pour l'un de nous
deux, dans le dernier regard de votre tante....
la noble dame, elle a rendu le dernier soupir
avec colère..... Dieu ne nous en punisse pas ! »

Timoléon ne pouvait oser plus qu'il n'avait
déjà fait dans cette chambre mortuaire ; il se
recueillit un instant, et, voyant entrer les servantes que Maguelone venait d'appeler, il sortit, prévenant qu'il allait au Louvre avertir son
père de ce triste événement.

LES MARCHANDS DE FRUITS.

XI

Sans doute, la fille de Jean Gabiou, admise,
pauvre chèvrière qu'elle était, sous le toit des
la Bourcadière, accueillie par la dame de Melborne, et rangée sous la protection bienveilla nte

de cette digne personne, devait par reconnaissance et par attachement pleurer sa mort; mais
quel sentiment pouvait dominer celui de son
amour pour Anastase! Dans cet amour, elle retrouvait une protection bien autrement chère et
désirable! Anastase Beauchêne ne voulait pas
seulement être heureux, il voulait aussi qu'elle
fût heureuse! non pendant les heures de sa jeunesse, mais pour sa vie entière! car il n'était
pas seulement énamouré par sa beauté, il lui
reconnaissait aussi des mérites sérieux et dura-
bles, puisqu'il lui donnait et sa fortune et son
nom.

Elle n'oublia donc pas, dans le chagrin du
deuil, le bonheur qui lui était promis. Le sacri-
lége aveu qu'elle avait reçu de Timoléon lui
rendait même plus pressante l'exécution des
promesses du drapier : elles lui avaient garanti
sa maison pour asile, aussitôt la mort de la
sœur du baron, et Maguelone résolut de se ré-

fugier avec son père en la maison *des Cerneaux*,
après son entrevue avec Anastase.

La veille de ce bienheureux dimanche, indiqué par Crocoëzon, eut lieu le service funèbre
de la dame de Melborne. Le sire de la Bourcadière avait décidé que le cercueil ne serait trans-
porté dans son manoir que le lundi suivant, et le
curé de Sainte-Geneviève consentit à le garder
dans un caveau de l'église.

Au sortir du service, une vieille femme, placée sous le porche de Sainte-Geneviève, dit à
haute voix, en adressant à Maguelone un regard significatif :

« Saint-Julien-le-Pauvre est un grand saint !
le saint jour du dimanche est un beau jour !
l'horloge qui sonne les douze coups de midi
fait la plus belle des musiques ! »

Timoléon entendit ces singulières paroles ; il
saisit sur le visage de Maguelone une émotion
qui disait moins surprise que joie. Il se contint

et ne dit mot. Le reste du jour, le devoir le retint auprès de son père, qu'affligeait sincèrement la perte de sa sœur.

Et tandis que dans la rue Bordet régnait le plus morne silence, tandis que dans la maison où dame Marguerite était morte, Maguelone comptait les heures qui la séparaient encore du lendemain, un grand tumulte se faisait sur le Pré-aux-Clercs.

Valbomel, décidé à mettre un terme aux prétentions des écoles sur ce pré, avait obtenu de *Bourdin*, procureur-général, des conclusions par suite desquelles quatre potences furent dressées aux quatre coins du pré, désormais interdit à l'université.

Les martinets, à l'heure même où se chantait à Sainte-Geneviève le *de profundis* sur les restes de Marguerite de Melborne, abattaient les potences et les poussaient dans la rivière, en criant : « Sus à Valbomel ! *vivat* pour M. Ramus ! »

Moins de deux heures après cette échauffou-
rée, le gouvernement, moins par amitié pour
le curé de Saint-Germain, qu'en haine des écoliers, était en mesure de répression; maître
Bourdin prenait de nouvelles conclusions, et le
lieutenant civil, suivi de sergens, publiait par
les rues de l'université un édit du parlement,
qui désignait les martinets comme coupables de
crime au premier chef, et ordonnait de traiter
en *prisonniers de guerre* (1) ceux d'entr'eux qui
seraient étrangers à la ville de Paris.

Le bruit s'en répandit bientôt dans l'intérieur
des colléges, et y produisit une grande exaspération : les écoliers, ravis de se voir aux prises
avec le gouvernement, se promirent avec orgueil
de tenir en échec ces Guise qu'ils détestaient,
cette cour qu'ils méprisaient, et l'abbaye de

(1) *Histoire de l'Université*, par CREVIER.
Antiquités de Paris.

12..

Saint-Germain, sur qui revenait la double part de leur haine et de leurs mépris.

La journée si orageusement commencée finit mal : le lieutenant civil venait de terminer les proclamations judiciaires, et, après le coucher du soleil, descendait la rue de La Harpe, lorsque des collèges *Bayeux* et Narbonne, fut lancée sur lui une grêle de pierres qui mit à mal deux sergens, et faillit abattre le mandataire du parlement. Ce magistrat fit bonne contenance, força l'entrée des deux collèges et enleva *treize*(1) écoliers.

Le lendemain, de grand matin, un arrêt du recteur de l'université apposait une consigne de retenue sur tous les collèges; et quatre jeunes marchands de fruits étaient admis dans la cour de la maison de Ramus, pour vendre, à

(1) *Histoire de l'Université*, par CREVIER.
Antiquités de Paris.

ceux de Presle, les fruits du déjeûner. A un signe d'intelligence que firent ces marchands, les élèves les cachèrent à la surveillance des maîtres, et ils furent conduits dans une chambre où Crocoëzon, en fureur, se tordait les poings, blasphémait contre la consigne et contre l'amour d'Anastase.

Les vendeurs de fruits n'étaient autres que des martinets.

« Voilà pour me calmer! — s'écria Crocoëzon en les reconnaissant. — Les deux Galéas Gambarre, de chez le cardinal le Moine; d'Origny, de la maison de Navarre, et Max Valmot, du collége Montaigu! Ah! pardieu, je vous reconnais tous... mais ma science ne vous mène à rien... Que voulez-vous de moi?

— Baptiste, — dit le jeune d'Origny d'une voix grave, qui contrastait d'une manière piquante avec sa figure toute jeune et toute enjouée; — Baptiste Crocoëzon, le Baptiste de toutes les écoles de Paris.... en 1229, un certain mardi, veille des *Cendres*, qu'arriva-t-il en l'université de Paris? »

Baptiste sourit tristement, et malgré son air distrait, répondit à la question posée :

« Oui, je sais bien... un tapage à l'occasion d'un tavernier du bourg *Saint-Marcel;* une bonne sédition contre la populace et les *cranequiniers*... la populace et les cranequiniers furent battus.

— Et en 1303? poursuivit le jeune d'Origny sur un ton impérativement questionneur.

— Ah! en 1303, — répliqua vivement Baptiste, — le lieutenant criminel de Paris s'était emparé de deux écoliers, malgré les priviléges des écoles; et, pour ce fait, il fut chassé en *Avignon*, afin de se faire absoudre par Benoît II... Les écoles eurent gain de cause.

— Et en 1404?

— Ah! en 1404! s'écria Crocoëzon, gloire

aux écoliers de ce temps!.. Un favori de Charles VI, le sire Charles de Savoisy tira l'épée
pendant la procession de Sainte-Catherine et
blessa plusieurs enfans de l'université, sous prétexte qu'ils avaient *escailbotté* de boue un de ses
pages... et le Savoisy fut condamné à 5oo livres
de rente envers les blessés; à 1000 livres envers
l'université; à l'édification d'une chapelle jouis-
sant de 100 livres de rente... et il fut chassé de
la cour, et sa maison fut rasée, devant rester
telle la durée de cent douze ans, pour, à sa ré-
édification, supporter une pierre mentionnant sa
condamnation... (1) Là encore les écoles eurent
gloire et gain de cause !

— Tu te souviens de la belle batterie, sous
le roi Louis XII? demanda le persistant d'O-
rigny.

(1) *Histoire de l'Université*, par CREVIER.
　　Antiquités de Paris.

— Comment, si je m'en souviens! les troupes du roi vinrent dans le quartier des écoles, eurent peur et se retirèrent confuses!... Brabançon du collége de Montaigu en fut exilé... mais les écoles eurent gloire et gain de cause!... Ah! sans doute, c'était le bon temps!... Alain Chartier, l'a écrit : « Quand les écoles mettaient la main » à quelque chose, il fallait que la chose vînt à » bout! »

— Et maintenant? demandèrent d'une seule voix les quatre martinets.

— Oui, je sais bien, dit Crocoëzon, en étouffant un soupir; — vous me relancez sur la trace!... Maintenant on nous tue, on nous violente, on nous emprisonne, on nous vole le Pré-aux-Clercs, et nous ne mettons la main à rien!

— Pourquoi cela, Crocoëzon? demanda d'O-rigny avec impatience.

— Pourquoi cela?... parce que les Guise sont des *amorabaquins*; parce que le scrofuleux

François II fait pâlir sa femme pendant ses tristes nuités... parce que le cardinal Bertrandi, garde-des-sceaux, est un épervier... parce que les gens du parlement qui ont laissé saisir Dubourg sont des chiens couchans.... parce que Valbomel, abbé, a la conscience d'un brelandier... et puis encore, parce que... » Crocoëzon, jeta un regard inquiet et à la dérobée sur Anastase Beauchêne, qui, tout habillé et assis sur son lit, un bras sur l'épaule de son ami, paraissait glacé par l'insouciance ou le chagrin.

Des martinets ne comprirent pas le sens du regard de Baptiste.

« Tes raisons nous humilient et ne nous excusent pas, Crocoëzon!—dit l'un d'eux avec humeur.

— Je le sais bien!—fit-il tristement.

— Ce n'est pas le courage qui manque?

— Je le sais bien.

— Ce n'est pas le nombre... nous sommes huit mille ! (1)

— Je le sais bien.

— Ce n'est pas non plus l'absence d'un homme fort qui nous fait courber la tête !... Les religieux de Sainte-Geneviève avaient une statue d'Isis, dont ils voulaient faire une statue évangélique ; qui osa envoyer une pauvre femme chercher l'âme de son mari dans le corps de la statue qu'elle jeta par terre et brisa ?

— C'est moi ! — fit Crocoëzon en souriant

— Qui se chargea, au nom des écoles, d'aller réclamer impérativement, de *Guillaume Tiguonille*, prévôt de Paris, deux cadavres d'écoliers

(1) Le journal de Charles VII et Charles VIII dit qu'en 1448, 13 octobre, il y eut une procession de 12,500 écoliers.

Le cérémonial de France dit que le recteur de l'université offrit 25,000 écoliers pour assister au convoi de Charles VII.

qui avaient été pendus trop à la hâte?.. qui força
le prévôt à les dépendre lui-même, à les baiser
à la bouche, à les conduire en cérémonies en
l'église des Mathurins, pour y recevoir oraisons
et sépulture?

— C'est moi.

— Enfin, de tous les colléges de l'université,
quel est l'écolier qui réunit toutes les amitiés,
tous les suffrages?...

— Ils disent que c'est moi.

— Eh bien! debout, Baptiste Crocoëzon! —
crièrent les martinets. — Un mot, un geste,
un cri! nous nous levons tous!... nous avons
des armes!... Près des portes de Nesle et de
Saint-Michel, nous avons des piques, des arquebuses et des épées... On trouve du feu partout...
et huit mille bras portant huit mille *bâtons à
feu*, peuvent ruiner huit mille maisons!... Aujourd'hui, trois heures après le coup de midi,
seize mille oreilles écouteront, sous le vent, le

tintement de la clochette qui surmonte le toit
de la maison de Saint-Julien-le-Pauvre...

— Elles écouteront et n'entendront rien,
dit avec une sombre tristesse Baptiste Crocoëzon.

— Comment! — s'écrièrent les quatre externes.

— Je ne puis rien pour vous; — et il jeta un
nouveau regard sur son ami, que cette longue
entrevue commençait à fatiguer.

— Crocoëzon, treize écoliers de Bayeux et de
Narbonne sont faits prisonniers!

— J'en suis marri; je ne puis rien pour vous...
non, mille fois non! — s'écria-t-il avec impatience.

— Baptiste, dit enfin Anastase avec timidité,
si les écoles réunies te demandent le signal, si
tant de vengeances sont prêtes, il ne faut pas
qu'une considération de moindre intérêt te retienne.

— Et quelle considération le retient donc ? demanda un martinet.

— C'est mon secret, répondit Crocoëzon sur un ton qui autorisait peu les objections.

— Ainsi les écoles agiront sans chef ! — répliqua le jeune d'Origny avec dépit.

— Elles n'agiront pas ! dit Baptiste avec fermeté.

— Crocoëzon ne le veut pas ! dit l'obstiné martinet avec dédain.

— Crocoëzon ne le veut pas ! — répéta Baptiste, en homme sûr de l'effet de sa volonté.

— Qu'il en soit ainsi, — reprit un des Gambarre. — Les écoles n'imiteront point *Dalila*, et se garderont de couper les cheveux de leur *Samson*... Mais les Philitins, Crocoëzon, ont mis la main sur ceux d'Israël !... tout le poids de la persécution tombe sur les pauvres martinets, parce qu'ils ont secondé les intentions des internes ; on va les traiter en prisonniers de guerre !...

Mes parens vivent en Cornouailles avec le produit
d'un modeste négoce ; si mon frère et moi nous
entrons à Vincennes, nous y mourrons, car notre famille est pauvre , elle ne trouvera jamais
assez de sous pour solder la caution ou la ran-
çon, et Galéas ni moi ne voudrions servir à la
ruine de nos bons parens !..... n'est-ce pas ,
frère ? »

Les deux Gambarre avaient les yeux mouillés
de larmes.

« Eh ! ne suis-je pas aussi de la famille ! —
s'écria Baptiste en saisissant les mains des deux
frères ;—martinets ou internes, tous ne sont-ils
pas également les alliés de Crocoëzon !.. Vous
me croyez timide ou mauvais cœur, vous autres !... traitons cette question à voix basse...
j'ai à vous confier le scrupule qui m'arrête ! si
vous jugez qu'il doive être méprisé, si vous
ordonnez, après m'avoir entendu, de sonner la
cloche de Saint-Julien-le-Pauvre... merci à

vous, j'obéirai !... Aimez-vous Anastase Beauchêne ?

— Comment, si nous l'aimons ! — dirent les
quatre martinets.

— Le fils du vertueux drapier qui, avec le
plus pur de son or, soutient, nous le savons,
cinq externes de Montaigu, autant à Narbonne,
et quatre internes au collége d'Harcourt... tous
enfans de ses correspondans dans plusieurs villes
de France, où, de riches qu'ils étaient, ils sont
devenus souffreteux !... Anastase, est l'ami de
Crocoëzon et l'ami de toutes les écoles. » Le
jeune d'Origny était tout ému en faisant cette
affectueuse réplique.

Anastase en était attendri.

« Eh bien ! — reprit Baptiste, — je ne sais
quel mauvais vent a soufflé sur le cœur de notre ami, mais il est amoureux.... Une sage et
belle fille, que chacun de vous appelerait, en la
voyant, *sein du lis*, du nom de la fiancée d'A-

moury IV, — sire de Craon ; — une Maguelone
s'est arrêtée devant lui.... pauvre et suave *Sula-*
mite, elle lui a jeté un de ces regards qui veulent dire : « Faites mon bonheur, je ferai le
vôtre. » Le drapier est venu en aide à cet innocent amour : il y a fiançailles ; quelques mois
encore, Anastase quittera M. Ramus et ira se
marier... Si les écoles tentent un combat, Anastase, écolier, se battra... s'il est tué, nous au-
rons, nous, tué la pauvre fille, car elle mourra
le voyant mort !... C'est pour empêcher cela,
mes bons amis, que je presse ma poitrine pour y
étouffer des battemens furieux ; c'est à cause de
cela que je fais semblant de me laver les mains à
la manière de l'ignoble Pilate, lorsque vous venez faire appel à l'assistance de votre ami Crocoëzon. Que voulez-vous !... j'aime Anastase
Beauchêne, comme il convient d'aimer un bon
et pur jeune homme, joyeux camarade, ami
dévoué ; Anastase, malgré son grand courage,

a je ne sais quoi de féminin dans le sang, qui le met en émoi au gazouillement d'un oiseau, au murmure d'un soupir et au feu d'une chaude prunelle... Anastase est fort et brave, et semble, timide qu'il est, demander l'appui d'une autre force; je lui ai prêté la mienne.... qu'il en dispose.

— La mutinerie! — s'écria Anastase en sautant au cou de Baptiste; — la mutinerie! le combat!... je ne veux point arrêter la juste vengeance des écoles... Au combat!...

— Nous ne le voulons plus, — dirent tristement les martinets; — nous attendrons.

— Mais je vous dis qu'il faut nous battre! reprit Anastase avec transport.

— Nous attendrons, — répétèrent les martinets.

— Écoute bien, Crocoëzon, — dit un des Galéas; — à dater de ce matin, et cela jusqu'au jour de la vengeance, dans chaque collége, dans chaque quartier de l'université, dans chacune des rues qui avoisinent la place Sainte-Geneviève, il y a une vigie, prêtant l'oreille et arrêtant ses regards sur la petite cloche de la maison de Saint-Julien-le-Pauvre... Lorsque tu la sonneras, quatre-vingts clochettes répondront... et huit mille cris n'en feront qu'un!... Nous allons faire savoir qu'il faut attendre. »

Il n'y eut plus moyen de les retenir; le jeune Beauchêne, qui paraissait vouloir sacrifier sa cause à celle de ses amis, insista pour être entendu : ils se retirèrent, laissant Crocoëzon abattu, comme après un combat malheureux.

VEUVE GUDULE HONORÉUS.

XII

Il était écrit que cette journée serait féconde
en événemens, et pas une de ces voix provi-
dentielles et mystérieuses qui parlent pendant
le sommeil n'avait averti Maguelone; elle s'é-

tait levée en se disant, toute souriante et toute heureuse :

« Oui, Saint-Julien-le-Pauvre est un grand saint !... le saint jour du dimanche est un beau jour, et l'horloge qui sonne les douze coups de midi fait la plus belle des musiques !.. La bonne vieille femme eut raison de me dire cela.... elle parlait au nom d'Anastase !... Je vais le voir !... doux ami ! noble cœur !... il enveloppe de son manteau et Jean Gabiou et sa fille !... il donne un beau nom à la chevrière, un sûr abri au pauvre honnête homme.... et je n'aurai ni cha-grin ni remords, voyant ma tête chargée des attifets, ornemens des riches dames ! je ne les ai point souhaités.... mais Dieu qui me les per-met, en me conservant l'innocence, réalise un joli rêve que j'ai fait, il y a un peu plus d'une année.... Je me trouvais sur le terroir même de ces la Bourcadière...., il était midi.... sur ma tête, le soleil ; dans mon âme, je ne sais quel

trouble; sur mon corps, une affaissante chaleur.... Je m'assoupis, ombrée par un laurier
sauvage.... vint le rêve!... Sainte-Vierge, ai-je
pensé long-temps aux événemens de ce sommeil
au milieu des bois!... En rêvant, je savais lire,
écrire... je parlais comme une châtelaine... puis
j'avais peur, puis j'étais heureuse!... Au réveil,
mon esprit était tout joyeux, mes yeux étaient
trempés de larmes!... Ce matin, comme alors,
je suis heureuse et je pleure!... »

Elle pleurait en effet, doucement, comme on
pleure ému par un lointain souvenir, ou par une
joie qui vient du cœur sans troubler la conscience : joie calme, joie qui se recueille; et elle
achevait, avec un soin plus minutieux que de
coutume, de se parer avec ses plus beaux habits;
vêtement d'une pauvre fille, rendu élégant par
tout ce que la grâce a de reflets.

Maguelone venait d'attacher une rose blanche sur le lin de sa gorgerette, lorsque les

grandes volées des cloches lui annoncèrent la messe.

Elle descendit à petit bruit, voulant respecter ce silence qui emplit les lieux par où la mort a passé ; elle franchit lestement le seuil de cette maison où elle espérait bien ne plus revenir, et gagna la place Sainte-Geneviève d'un pas chancelant, parce que son empressement était celui de l'amour, qui déconcerte et qui trouble.

A sa dévotion native, un culte nouveau ajoutait une ferveur nouvelle : le besoin religieux de subordonner la dévotion nouvelle à la première, tourmenta pendant l'office divin la candide Maguelone ; elle fut distraite.... Au sortir de Sainte-Geneviève, elle sentit son cœur battre bien fort.

Bientôt elle arriva devant la maison de Saint-Julien-le-Pauvre. La vieille femme, officieux *memento* qui l'avait avertie sous le porche de l'église, la reçut en souriant, et lui dit :

« Oisel aux vives prunelles, ne craignez et montez en la chambre du second étage ; j'ai fait de mon mieux pour qu'elle fût digne d'une société d'honnêtes gens ; digne aussi de servir de gîte à deux beaux fiancés.... Il s'y trouve bien une table mal étayée, un fauteuil tant soit peu déchiqueté et un trumeau cassé.... C'est ce gai Baptiste Crocoëzon qui, dans ses jours de prêche, m'a fait toutes ces avaries, prenant une chaise pour casser une table, et une table pour casser un trumeau ; le tout, pour imiter le vacarme de *Quasimodo ;* car, le digne jeune homme, s'il est savant comme M. Ramus, il est jovial comme un pinson.... D'ailleurs, et c'est à sa louange, il m'a payé sur sa petite épargne et pour le bruit et pour la casse.... C'est afin de ménager son escarcelle que je n'ai pas remis du neuf à la place du vieux.... il n'en casserait pas moins, et cela le ruinerait, le bon Crocoëzon ! »

Quoique impatientée de ce verbeux rensei-

gnement, Maguelone souriait, car elle aimait à
retrouver le souvenir de l'ami d'Anastase.

« Mais, n'avez-vous pas vu, depuis une
heure, un pauvre honnête homme qui a nom
Jean Gabiou?

— Je suis prévenue qu'il doit venir, ma
mie ; il n'est point encore arrivé... Vous êtes
seule en la maison... sans crainte, montez et
attendez. »

La fiancée d'Anastase céda à cet avis.

Peu d'instans après, la vieille femme.... la
chronique a conservé son nom : — ci-devant
demoiselle Gudule Duman, fille d'un balayeur
des escaliers des Tournelles; depuis quarante-
huit ans, dame Honoréus, veuve d'un tailleur
d'habits qui avait augmenté les profits d'un métier qu'il faisait en paresseux, par les rétribu-
tions secrètes de l'abbé de Saint-Germain-des-
Prés, dont il était l'espion, au dommage de
l'université; — la vieille femme, donc, ouvrit

la porte d'un petit cabinet attenant à sa propre chambre, et dit :

« Venez, mon gentilhomme, la tourterelle est au pigeonnier.... ne la faites pas crier, afin que je gagne honnêtement vos carolus. »

Timoléon de la Bourcadière, enveloppé dans une longue cape, sortit de cette cachette ; et monta rapidement. Maguelone, qui avait entendu crier les planchettes de l'escalier, se présenta, émue, près de la porte.... elle fit un bond en arrière.

« Vous, Messire !...

— Moi, — fit le jeune homme en poussant le verrou de la porte et jetant sa cape à terre.

— Que me voulez-vous ?

— Vous voir.

— Messire ! — fit Maguelone avec l'expression d'une sombre inquiétude.

— Que faites-vous ici, Maguelone ?

— J'attends mon père, Messire.

— Lui seul ? »

Maguelone rougit et ne répondit pas.

« Lui seul ? — demanda encore Timoléon d'une voix étranglée par la colère.

— Et aussi mon fiancé , — dit la jeune fille avec une assurance pleine de pudeur et de dignité.

— Qu'il vienne ! — s'écria le page en frappant sur sa dague.

— Dieu ! Messire, vous le tueriez ! — s'écria Maguelone avec terreur.

— Je le tuerai ! — dit le page avec énergie.

— Mon Dieu ! mon Dieu ! — s'écria Maguelone en frappant ses mains avec désespoir ; — je n'ai cependant point cessé de prier pour le repos et bonheur de mes nobles maîtres !... Pas un matin où mon oraison n'ait demandé à ma dame la Vierge de récompenser la bienfaisance du noble baron , de la noble dame , qui avaient recueilli la chevrière et le bûcheron ! et voilà que tous mes vœux, toutes mes prières vont être démenties à cette heure même!.... Pitié! pitié!... bon Page! messire Timoléon, pitié! Vous étiez si bon, si pieux.... pendant votre cruelle maladie, vous receviez mes soins comme si une sœur vous les eût offerts!.... L'humble servante qui veillait alors à votre chevet, mille fois vous l'avez remerciée sur le ton que l'on emploie au regard d'une vertueuse amie... Lorsque la fièvre brûlait vos yeux, vous les reposiez en me regardant; je voyais bien cela.... mais votre regard était pur!... mais vos lèvres qui souvent effleuraient mes mains lorsque, la nuit, je vous présentais à boire, jamais n'ont exprimé un mauvais vouloir!.... Qu'ai-je fait pour que vous me supposiez moins honnête?... dites, Messire, ai-je péché?.... je ne le savais pas!.... je me croyais innocente!...

— Maguelone, que tu es belle! » s'écria Timoléon en jetant ses bras autour de la taille de la jeune fille. Elle se débattit afin de préserver son visage des baisers du jeune homme.

« Horreur!... Sainte-Vierge, qu'est-ce donc que la piété, si le pieux gentilhomme et le moine parlent le langage de l'enfer!...

— Je te dis, petite, que je t'aime!... que j'élève ton nom, dans mon âme, au-dessus du nom de cette Marie qui est reine et dauphine.

— Mon Dieu! — cria Maguelone en faisant un suprême effort; — attendez.... écoutez.... ne vient-on pas?...

— Je te dis que je le tuerai! — Et Timoléon, disant cela, lâcha sa proie et tira son poignard.

— Vous tuerez mon père! vous!

— Non, mais cet amant que tu viens ici chercher, folle fille!

— Mais cet amant, il vient avec mon père!

— Mort à tous les deux!

— Mais Baptiste Crocoëzon est avec eux....

— L'université entière, n'est-ce pas ?

— Je vous dis, moi, Page, — s'écria Maguelone en revenant auprès de Timoléon, et le regardant avec désespoir et courage ; — je vous dis que, si le pur amour doit retenir le bras d'Anastase, si le respect doit retenir le bras de Jean Gabiou.... il y aura là un Baptiste Crocoëzon que rien ne retiendra ; que son amitié pour Anastase excitera à mal faire.... et qui, venant à vous saisir, Page, brisera sur cette muraille votre dague, vos attifets de page, votre impur amour, votre noblesse et vous-même.... Pitié ! pitié pour vous ! »

On ébranla la porte.

« Miséricorde ! — cria la jeune fille en tombant la face contre terre.

— Trahison ! » cria le page de Guise en se voyant appréhendé, garrotté par des sergens de la prévôté de l'abbaye Saint-Germain-des-Prés.

Maguelone et lui furent couverts d'une espèce

de drap noir; tous deux furent emportés, à
bras, hors de la maison, mis en croupe chacun
derrière un cavalier, et douze archers de la
prévôté de Paris firent escorte à cette caval-
cade.

Aussitôt que la dame Gudule, veuve d'Honoréus, eut vu disparaître les ravisseurs, elle
se plaça sur le seuil de sa maison, poussant des
cris lamentables, arrachant sa coiffe et tordant
ses mains. La foule s'amassa devant elle.

Foule comme celle de tous les temps : ba-
varde, questionneuse, prodigue d'interjections,
de commentaires, mais n'entrant que par sa
curiosité dans l'événement qui la tient un pied
en l'air, l'œil quêteur et la bouche ouverte. Cependant un homme, au docte et grave maintien, vêtu d'une longue robe noire, à larges
manches, le visage orné d'une barbe épaisse et
grisonnante, s'étant fait jour au travers de la
cohue, interpella ainsi la veuve du tailleur :

« Qu'y a-t-il, femme Gudule?... Saint-Julien-le-Pauvre a-t-il tenté *la visitation,* tandis que vous dormiez?... Pourquoi clamer ainsi?... je vous connais d'un sang à vous échauffer peu.... *A bouche menteuse, cœur de pierre....*

— Hélas! maître Ramus, — répliqua la veuve d'un ton candide et cauteleux, — vos dures paroles n'empêcheront pas Gudule de gémir sur la grande infamie qui vient de se passer en sa maison!...

— Est-ce donc la première? — demanda Ramus en fronçant les sourcils.

— Je vous répète, illustre Ramus, que je vénère votre personne, que je chéris les enfans des écoles, et que les joyeux gars de Presle sont mes benjamins....

— Merci, vieille folle.... Mais pourquoi vos cris?...

— C'est que la maison de Gudule vient d'être envahie, profanée par un gentilhomme et des archers de l'abbaye de Saint-Germain.... c'est qu'une jolie fille, énamourée d'un Anastase Beauchêne, son fiancé, vient d'être surprise en une chambre de ma maison, avec un page....

— Qui l'y avait introduit? — demanda Ramus avec sévérité.

— Hélas! Maître.... voilà ma peine et mon effroi.... Je savais la jeune fille dans l'attente de son père et de son amant.... j'étais allé prier le gracieux Vancourt, qui est la gloire de la paroisse et le barbier des écoles, de me céder un de ses canards pour faire une belle dînée en l'honneur des fiancés.... le temps de parler avec le barbier de nos danses d'autrefois, je reviens... les cavaliers de l'abbaye quittaient ma maison.

— Elle ment! maître Ramus, — cria quelqu'un; — elle ment, la sœur du diable, la concubine de Saint-Julien-le-Pauvre.... je l'ai vue qui sortait de sa maison, peu après les sergens et ceux qu'ils emmenaient.

— Ce n'est pas d'aujourd'hui que sa maison fait l'office d'une ratière! — cria un autre. — Du vivant d'Honoréus, il y avait toujours dans ce bouge des arbalétriers de la prévôté, costumés comme des grands clercs de Saint-Côme.... et chaque mot qui s'y disait s'en allait de la place Sainte-Geneviève par-delà les rues de l'université, jusque dans le bureau de police du prévôt....

— C'est vrai, — dit un troisième. — Il m'est arrivé d'être condamné à une amende, après une conversation avec cet Honoréus, dont le bon Dieu aura logé l'âme dans la *Fosse-aux-Chiens*....

— Donc, — reprit Ramus avec une accentuation à-la-fois soupçonneuse et irritée, — un rapt vient d'être commis dans votre logis, femme Gudule..... la fiancée d'un Anastase, qui est mien, — se tournant vers la foule, — vous savez, vous autres, il s'agit du fils de Beauchêne,

14..

le riche drapier, qui, chaque année, à la Saint-Étienne, habille de bon drap gris vingt pauvres choisis dans tous les quartiers de la ville.... c'est ce Beauchêne qui fait dire des messes mortuaires pour les mères, dont les enfans sont trop pauvres pour payer l'église qui est trop chère!...

— Oui!... oui! — cria la foule; — bénie soit la maison des Cerneaux!.. Vive le drapier Beauchêne et monsieur Ramus!... Mort à la veuve Gudule!

— Silence, enfans! — s'écria Ramus avec une voix puissante. — Laissez là cette femme... et, le moment venu, aidez Pierre Laramée à défendre les priviléges de l'université, les priviléges de l'honneur... et ceux de la foi jurée!.. Nous en reparlerons, n'est-ce pas?

— Oui! oui! — crièrent cent voix d'artisans.

— Et le jour et la nuit, nous écouterons vos paroles, monsieur Ramus..... Va te retraire,

chouette, veuve d'un chat!... servante du diable! Pouah! la vilaine.... elle a mangé du pain
de Judas! »

Dame Gudule, épouvantée, se renfonça dans
sa maison, dont elle ferma vivement la porte;
et Pierre Laramée, qui prévoyait quelque attentat de la main des Guise ou de celle de Valbomel, regagna son collége pour y réfléchir et
aviser.

RAMUS.

XIII

Conformément aux avis donnés par Valbomel, abbé, Fra-Jéronimo, curé de Sainte-
Marine, avait tramé, avec plus de prudence et
d'adresse qu'on ne devait en attendre de sa na-

ture active, brusque et instantanée, cette toile d'araignée qui devait saisir et Maguelone et le fils de la Bourcadière.

La dame Gudule, dont les écoliers avaient imprudemment adopté le logis pour y boire le genièvre, y manger des conserves et y jaser sur la *politique universitaire*, les jours de congé; la dame Gudule, dont les oreilles, la langue et la conscience étaient aussi à la solde et aux ordres secrets de la justice prévôtale de l'abbaye de Saint-Germain, avait fait confidence à Jéronimo de l'entrevue qui devait avoir lieu, certain dimanche, entre un écolier de Presle et une Maguelone. L'effet de sa phrase, sous le porche de Sainte-Geneviève, et en présence du jeune Labourcadière, avait été prévu, et la consigne de retenue imposée aux écoles permit au curé de Sainte-Marine d'attacher les fils de sa toile au seuil de la maison de Saint-Julien-le-Pauvre.

L'inexactitude de Jean Gabiou au rendez-vous

donné par sa fille s'expliquait par une circonstance bien simple : la venue du baron dans son manoir de la Bourcadière.

Le noble capitaine de la garde écossaise avait fait venir le pauvre vieux soldat, son serviteur, et lui avait dit, sur un ton de confiance et d'amitié :

« Gabiou, je reçois d'étranges avertissemens... Hier soir, comme j'allais prendre langue chez le duc de Guise, un ci-devant page de la dame de Valentinois, maintenant cranequinier, m'a dit à l'oreille ces mots : « Prenez garde qu'il ne se trouve » trop de paille sous les combles de votre ma- » noir, et trop d'huile dans votre cellier; l'huile » et la paille font grand feu! » De sorte que je suis accouru, sachant mon Gabiou d'un courage à regarder en face le démon *Brudemort,* qui effraya *Richard-sans-Peur,* et je te dis, mon brave : quitte le soin de mes écuries; prends sous la responsabilité de ta vigilance la garde militaire de mon domaine; interroge souvent le bruit du vent et le point d'où il souffle; épie, le soir, le bruissement de la feuillée de l'autre côté des fossés; sache flairer les ombres qui passeraient, heure indue; et, après le premier appel.... tue ou fais tuer. Inutile de te servir de mon fusil à vent.... fais grand bruit, avec force charge dans l'arquebuse.... ma défunte sœur ne demande pas l'incendie de ce domaine pour honorer ses funérailles.

— Mais, messire Baron, — avait répliqué Jean Gabiou avec embarras, — je vais, après vous avoir demandé votre bon vouloir, marier ma fille....

— Eh bien! marie-la....

— Ma fille désire que je meure sous son toit....

— Toit de chaume?

— Toit de riche.

— Comment?

— Celui dont elle prend le nom sort de bon lieu, et est fils d'un riche drapier....

— Pourquoi la suivre?

— Pour la voir heureuse.

— Ainsi, tu prétends me quitter?

— Je voudrais bien ne pas me séparer de ma fille.

— Écoute, Gabiou, c'est là une idée sèche et creuse.... S'il est vrai que ta fille ait si bien employé son temps pendant son séjour en la rue Bordet, de Paris, qu'un vrai mari lui soit venu, j'en suis fort aise, et je promets une botrine de vin de Chypre pour le repas des noces.... Mais qu'as-tu à faire sous le toit des époux?... tu t'y ennuieras; tu siffleras, sans y trouver un écho, les vieux airs que nous chantions le matin de la bataille de Pavie... Avec ton encolure d'archer, tu seras importun à ce muguet issu de bourgeoisie, et devenu ton gendre un jour de grande chaleur.... Crois-moi, prends racine en ce ma-

noir..... cherche sur un des terroirs de la forêt
le chêne qui te paraîtra le plus convenable pour
être taillé en bierre; choisis dans l'enceinte de
mon manoir le coin où tu voudras que l'on
creuse ta fosse.... enfin, arrange-toi ici de manière à y vivre tranquille, à y mourir en paix,
et à t'y reposer, mort, avec honneur.... Ta solde
devient celle d'un écuyer; j'y ajoute mon amitié
pour combler la distance qui nous sépare....
Désormais, la Bourcadière, pierres et homme,
te sont acquis.... Ai-je bien dit?

— Si bien, mon seigneur et maître, que le
vieux Gabiou est tout en émoi à l'idée du chagrin que ressentira sa fille....

— Tu me restes?

— J'obéis.

— Vois-tu, Gabiou, ton départ m'aurait trop
affligé... Oui, j'aime à te voir rôder, vieux loup,
autour de ma maison. »

Et comme de cet entretien était résulté un

mutuel attendrissement, Jean Gabiou s'était dit :
« Restons aujourd'hui avec ce brave gentilhomme... aussi-bien ma Maguelone aura-t-elle
à ses côtes le vertueux drapier, pour imposer aux
regards de son Anastase. »

En effet, moins d'une demi-heure après que
Pierre Laramée se fut retiré dans son collége,
le drapier Beauchêne se présenta devant la maison de Saint-Julien-le-Pauvre, où il savait que
rendez-vous avait été donné, par son fils convalescent, à Maguelone et à Gabiou.

« Ne frappez pas plus long-temps en ce logis,
honnête bourgeois, — dit un voisin, potier d'é-
tain de son état, et, en ce moment, respirant
à sa fenêtre l'air saturé d'oisiveté du dimanche.

— Pourquoi cela?... Craignez-vous que je ne
dérange ceux qui y seraient attablés?

— Non pas.... mais la vieille Gudule doit
être occupée à compter les sous de l'abbaye de
Saint-Germain.

— Peu m'importe! — dit le drapier en reprenant le marteau.

— Je vous dis que la veuve d'Honoréus n'ouvrira point aujourd'hui son clapier; ne remarquez-vous pas que, contre l'ordinaire, le silence y règne?... Gudule se cache; la foule, tout-à-l'heure amassée à la place où vous êtes, voulait la pendre.... elle venait de vendre aux archers de la prévôté deux tourtereaux qui faisaient leur nid sous son toit....

— Que voulez-vous dire, compère?... ne faites point de parabole. Pourquoi cette maison est-elle fermée? — demanda le père d'Anastase avec inquiétude.

— Je veux dire qu'un jeune gars et une fillette viennent d'être saisis en une chambrette de cette maison, par des archers aux deux livrées de l'abbaye de Saint-Germain-des-Prés et de la prévôté de Paris.... Le scandale serait grand pour cette violation, si les écoles n'eussent été en retenue...

— Que me dites-vous là ! — s'écria le drapier. — Vîtes-vous ces jeunes gens lorsqu'ils
furent emmenés ?

— Un drap noir les enveloppait.... et, placés
l'un et l'autre sur des chevaux, ils disparurent
aussitôt. »

Messire Beauchêne poussa un cri de douleur,
et, trop alarmé pour solliciter plus long-temps
de vagues renseignemens, il courut au collége
de Presle.

« Votre fils est dans sa chambre, — lui
dit le portier. — Mais la consigne de retenue
est sévère; vous ne pourrez le voir aujour-
d'hui.

— Vous êtes sûr, — insista le bon père, —
que mon Anastase est dans sa chambre ?

— Aussi sûr qu'il est vrai que vous êtes,
Messire, le plus charitable des bourgeois de
Paris..... Il n'y a pas cinq minutes que, fai-
sant ma ronde, je l'ai vu, et je conviens qu'il

s'ennuie fort et est bien triste !... Il n'y a pas
jusqu'à ce bon M. Crocoëzon qui ne ressemble
à une âme en purgatoire !... Pas une chanson depuis ce matin, et les cantiques qu'il chante, s'ils
ne sont pas dans le Missel, s'entendent de loin,
je vous assure. »

L'égoïsme paternel était à demi satisfait; le
drapier ne craignait plus pour son fils; aussi,
était-il beaucoup plus calme lorsqu'il se présenta
devant Pierre Laramée. Le savant directeur ne
put l'instruire sur l'événement arrivé dans la
maison de Saint-Julien-le-Pauvre.

« Tout ce que je puis affirmer, — dit-il, —
c'est qu'un piége a été tendu à quelqu'un dans
cette damnable maison; c'est qu'une fillette y a
été saisie, faisant commerce avec un jeune gars
qui n'appartient pas au collége de Presle.... J'ai
su par voie indirecte que vous aviez permis les
fiançailles de votre Anastase avec une enfant de
pauvre condition.... et, dans la crainte de ren-

contrer juste, je n'ai point averti votre fils de l'enlèvement dont nous parlons.

— Mais cette Maguelone, que ma charité voulut bien adopter, est une jolie jeune fille, à visage de Vierge ! — s'écria le drapier; elle n'a pu mal faire !... et, au lieu même où elle attendait son fiancé, elle n'a pu se rencontrer avec un autre amoureux !

— Raisonnement d'homme sage, messire Beauchêne; mais l'homme sage ne dira jamais jusqu'où peut aller le caprice de folle fille, l'impudence de femme folle !... Pour ce qui est de mon disciple, je vous le garantis en lieu honnête, et sous la clé de mon portier. »

Le drapier se retira, promettant à Ramus d'aller aux enquêtes sur l'enlèvement. Comme il descendait, une pierre, lancée du dehors, tombait dans la cour du collége de Presle; un papier l'enveloppait. L'élève qui ramassa ce message aérien, lut sur les contours du paquet : *à Bap-*

tiste. Un seul Baptiste, entre tous, pouvait recevoir, comme positive, cette incertaine dénomination; aussi, peu de minutes après, Crocoëzon déroulait-il avec insouciance l'enveloppe de la pierre.

« Qu'est-ce ceci? — demanda Anastase.

— Quelque supplique mutine.... Tiens, lis toi-même. » Crocoëzon passa le billet à son ami: celui-ci jeta un rapide coup-d'œil sur les trois lignes écrites et poussa un grand cri.

« Baptiste, Maguelone est enlevée!... Maguelone, emportée sur les chevaux des sergens de l'abbaye de Saint-Germain!... Maguelone et un muguet de cour!... » Anastase cria ces mots en paraissant les relire, et il frippait le papier de manière à le mettre en pièces.

Baptiste Crocoëzon le reprit, le lut.... et jeta sur Anastase un regard désolé. Anastase éprouvait cette angoisse du premier moment, où l'on souffre cruellement sans pouvoir encore se rendre compte. Tout-à-coup, s'élançant d'un bond devant Crocoëzon :.

« Est-ce que la consigne de retenue, — s'écria-t-il avec fureur, — va nous clouer plus long-temps à cette place?... est-ce que tu t'imagines que je vais vivre tout ce jour, depuis l'heure présente jusqu'à vêpres, depuis vêpres jusqu'à l'heure du couvre-feu, et toute la longue nuit qui va suivre, sans m'être occupé de Maguelone?.... Baptiste, dût M. Ramus me chasser *nudus et miser* de son collége, dût la chambre apostolique de Sainte-Geneviève me vouer à l'excommunication, dût l'un des gibets abattus sur le Pré-aux-Clercs se relever pour moi seul, je veux sortir.... par la porte, par la fenêtre, par une brèche du mur, je ne sais... mais je veux sortir!»

Baptiste réfléchissait, et, contre son habitude, ne répondait ni par un geste, ni par un regard, ni par un mot à la douleur, à la violence de son ami.

« Baptiste!... mais es-tu devenu sourd! es-tu de pierre?... n'entends-tu pas la pauvre et chère Maguelone qui m'appelle!... ne vois-tu pas que je pleure! que je suis à la torture?...

— Écoute, — dit Crocoëzon d'une voix calme et en ramenant son ami à ses côtés par un mouvement qui n'était pas sans brusquerie; — je ne connais qu'une chose qui soit plus abominable que le vilain mal contre lequel François Ier a frotté sa fleur de chevalerie : c'est l'amitié infidèle à ses devoirs, parjure à ses promesses, qui se fait timide au moment du péril, scrupuleuse pour s'épargner d'être utile, et moraliste heure de la nécessité.... Cette amitié-là, Anastase, ne peut pas plus être mon péché que la maladie du roi chevalier ne serait mon penchant.... j'en adjure Glorienne Macou! mais écoute, te dis-je, et sur le bord d'un trou, au fond duquel nous pouvons tomber l'un et l'autre, voyons quels reptiles y habitent : crapauds ou vipères? car, dans tout ceci, je vois du noble et du prêtre.... Comment ta Maguelone se trouva-t-elle en la compagnie du noble?... pourquoi ta Maguelone traîne-t-elle après elle cet éternel moine? Si notre Rabelais travaille à détruire *les grands excoriateurs de la langue latiale*.... moi je me défie de ces appas, implacables excoriateurs des âmes.... j'aime le beau en amour, mais pour moi seul; et si, par un malheur, ma petite Glorienne se mettait en fantaisie de se livrer aux attentats de la picorée, je n'irai certes pas me briser le crâne sur le dos des galans!...

— Baptiste, — interrompit Anastase d'une voix pénétrée, — tu es bon, tu es brave, tu es généreux; mais tu me déchires le cœur avec tes plaisans récits... En ce moment, Maguelone crie et pleure!... Mon Dieu! mon Dieu! brisez donc les portes qui me retiennent!

— Tu vas, — lui dit Crocoëzon sur le même ton de réflexion, — animer ta blessure en t'agi-

tant ainsi : de grâce, ami, une minute encore...
Tu demandes à Dieu de briser nos portes? inutile de l'importuner pour si peu de chose! Crocoëzon ne promet pas de les emporter sur ses
épaules, mais prend l'engagement de les faire
danser sur leurs gonds et leur serrure, lorsque
le moment sera venu. — Voyons, nous avons
franchi les barrières du collége, nous sommes
dans la rue.... et puis après? nous allons chez
Gudule, lui demander ceux qui ne sont plus
chez elle.... elle nous en dit juste autant que
nous en apprend le billet de d'Origny....

— Mais ce muguet enlevé avec Maguelone,
elle le connaîtra! — s'écria Anastase avec fureur.

— Et parce qu'elle le connaîtra, — reprit
Crocoëzon, — s'il est blond, elle dira qu'il est
noir; s'il est vert, elle dira qu'il est roux.... La
vieille, sans seconde, mentira!... et puis après?
les cavaliers n'auront pas laissé leur adresse.

Nous irions devant l'abbaye, crier à outrance .
« Rendez-nous Maguelone! » on nous prendra
pour des diables, et on nous jettera de l'eau
bénite.....D'un ou d'autre côté, Anastase, je vois
chausses-trapes, oubliettes, déception et trahison.... Maguelone est bien jolie, mais rappelle-
toi ce jour où elle soutenait ce gentilhomme
dans la forêt..... rappelle-toi les étranges paroles.
du moine....

— Ce muguet, ce gentilhomme, ce page de
François de Guise!... c'est lui, mon Baptiste;
il aura épié Maguelone. La naïve enfant venait
en cette maison pour moi; lui, le page, il y
sera entré pour elle... et le moine... Mon Dieu!
que sais-je? comment voir clair dans les ténè-
bres ! comment expliquer la trame d'un complot ourdi par un moine!.. Le moine aura voulu
se venger des mépris de l'une et de la rivalité
de l'autre....

— Mais l'enlèvement par les cavaliers de la

prévôté de Paris? — objecta Baptiste. Tout-à-
coup, frappé au front par une idée imprévue, il
ajouta avec vivacité : — Pour avoir voulu me
poser en docteur dans cette étrange affaire, voilà
que la plante des pieds me brûle; le sang me
démange; la chaleur me monte au cerveau....
Oui, vraiment, il y a dans tout ceci un complot,
tu l'as bien dit : Maguelone, plus j'y pense, m'y
paraît innocente. Écoute-moi encore : bris de
porte, fuite en plein vent, cris chez la Gudule,
pleurs dans la rue.... misères! reste à pleurer, à
te tordre, à maugréer et sacrer dans notre chambrette; moi, je vais trouver M. Ramus, un court
colloque entre nous l'aura bientôt persuadé que
Crocoëzon peut, au besoin, imiter la colombe :
sortir de l'arche et rapporter le rameau vert.
M. Ramus a de l'amitié pour moi, il me laissera
partir.... et je jure Dieu de ne te revoir qu'en te
rapportant des nouvelles.

— Frère! — s'écria Anastase en sautant au

cou de Baptiste, — mais ne cours-tu pas de danger ? — reprit-il en faisant un retour sur sa joie.

— Le plus grand qui puisse m'arriver, c'est d'être embrassé par Gudule.... Laisse faire à ma bonne volonté : j'irai partout où il pourra être parlé de Maguelone ; au Louvre, s'il le faut !

— Au Louvre, Baptiste !

— Au diable, pour être plus sûr de recontrer ce noble et ce moine. »

Les deux amis s'embrassèrent avec de fraternelles et vives étreintes ; Crocoëzon exigea d'Anastase le serment de l'attendre silencieux, fût-ce jusqu'au lendemain, et se rendit aussitôt dans le cabinet de Ramus.

RAMUS.

XIV

Ramus, né sous l'influence de la persécution
et du malheur, avait, dès le premier âge de sa
vie, systématisé la résistance, comme tous les
esprits doués ou affligés de facultés énergiques

et vives; il avait vu un combat à soutenir, ou
d'autres n'auraient vu que de l'injustice à subir :
il avait accepté ce combat, en y apportant d'autant plus d'acrimonie qu'il avait plus long-temps
souffert, et qu'avant d'avoir le droit de s'armer
des cestes du lutteur, il avait épousseté pour
d'autres le terrain de l'arène.

Le père de Ramus, gentilhomme, proscrit de
Liége, sa patrie, était venu, indigent, dans le
Vermandois, se faire charbonnier; son fils fut
admis, en qualité de valet, au collége de Navarre. Le valet étudia pendant les loisirs de sa
servitude; il se fit élève, devint maître ès-arts,
écrivit, attaqua les doctrines d'Aristote, se sus-
cita des ennemis puissans, les combattit, fut
persécuté, chassé.... rappelé par l'influence du
cardinal de Lorraine.... et, toujours frondeur,
anti-sorbonnien, toujours prêt à évoquer cette
manie de *dispute* qui aigrit les esprits penseurs
des xive et xve siècles, il appliquait désormais

la morosité de sa pensée à défendre, envers la cour et contre les abbayes, les priviléges de l'université.

Car, il faut le dire, cette intelligence belligérante adoucissait sa rudesse lorsqu'elle se retrouvait dans le commerce universitaire. Ramus n'oubliait jamais que ses premiers efforts, pour échapper à la domesticité de sa condition et s'élever à hauteur des bancs de la classe, avaient été favorisés par le généreux sentiment de l'égalité écolière : Ramus colletait les savans faisant des livres et courant le monde ; il grondait contre le pouvoir ; il chérissait les mœurs obscures du corps enseignant ; il chérissait les enfans.

Au moment où Crocoëzon va entrer dans le cabinet de Pierre Ramus, celui-ci n'a que quarante-quatre ans ; mais, parce qu'il a beaucoup vu, beaucoup appris, beaucoup souffert, beaucoup lutté, il paraît presque vieux ; il semble un vieillard qui aurait conservé la verdeur et la puissance des passions d'un autre âge.

Péniblement agité par les mesures du parlement contre les écoles, irrité contre l'abbé de Saint-Germain-des-Prés, tout-à-la-fois étonné et alarmé par l'événement survenu dans la maison à l'enseigne de Saint-Julien-le-Pauvre, Ramus était recueilli dans ses conjectures et sa tristesse, lorsque s'ouvrit assez rudement la porte de son cabinet; cette licence était inusitée.

« Que veut-on ? — demanda Ramus avec dureté, et en jetant sur celui qui entrait ainsi un regard menaçant.

— Comme toujours, — dit Crocoëzon en refermant la porte sur lui avec une précaution pleine de politesse ; — comme toujours, aimer et honorer monsieur Ramus, professeur royal et directeur des enfans de Presle.

— A la bonne heure ! reprit Ramus en souriant. — C'est le diable qui ouvre la porte, et c'est Crocoëzon qui entre. Qu'est-ce, mon Baptiste? as-tu découvert la solution de quelque inextricable problême?... tes connaissances historiques sont-elles offusquées par quelque passage du livre que j'ai publié le mois dernier?

— Non, maître, non. Votre *de Moribus Veterum gallorum*, me paraît, — à toute page, digne de la main de M. Ramus! j'y puise à-la-fois instruction et bon loisir...

— De quoi s'agit-il donc?... ton visage est altéré, ta poitrine est haletante!... Qu'y a-t-il?... Sieds-toi près de moi, et parle.

— Si Crocoëzon vous adressait une humble et instante requête, y feriez-vous droit, maître?

— Pourquoi non?... Les sévérites du parlement n'ont point encore prescrit à un principal de collége d'étouffer tout bon sentiment pour celui de ses élèves qu'il aime le mieux... Viens, mon Baptiste; viens mon brave enfant... *Vous*

16..

exaucerez du ciel leurs oraisons et leurs prières,
disent les Paralipomènes...

— *Et vous les vengerez de leurs ennemis*,
dit encore le même verset, Maître.

— Je l'avais omis avec intention, mon Baptiste... car vois-tu, mon enfant, les projets de
vengeance sont un lourd bagage; je ne voudrais
pas te voir en charger ta conscience... et maintenant l'objet de ta requête me cause de l'inquiétude... Je t'écoute.

— Maître, une consigne de retenue est infligée
aux écoles?

— Sans doute.

— Cependant une affaire grave, dans laquelle
on compte les minutes avec angoisse, m'appelle
au-dehors.

— C'est un malheur, Baptiste; tu ne sortiras
pas.

— Et cette affaire, Maître, décidera de l'existence de plusieurs !...

— Je n'y puis rien.

— Et si bientôt, avant une heure, on se met en quête, on évitera de grands malheurs !

— Prions Dieu pour les détourner, mon enfant.

— Le temps de prier, et à Dieu le temps d'opiner... les malheurs seront venus !

— Alors, mon fils, résignons-nous.

— Sans doute, Maître, sans doute. » Murmurait Crocoëzon, en mordant sa lèvre, en tourmentant sa toque dans ses mains tremblantes.

Ramus l'examinait attentivement du coin de l'œil, car il prévoyait bien que la démarche de son disciple n'était pas faite à la légère ; il pressentait quelque énergique détermination de la part de ce jeune homme, soit à l'occasion du rapt de la fiancée d'Anastase, soit contre les arrêts du parlement, et tout chagrin à l'idée du danger que pourrait courir son élève chéri, il affectait de l'insouciance et la volonté de ne rien savoir.

« Maître, reprit Baptiste, je ne vous ai point encore présenté ma requête.

— Parle donc.

— Je désirerais sortir.

— La consigne de retenue a répondu.

— De sorte que la bonté de monsieur Ramus ne peut rien pour le désir du pauvre Baptiste?

— Rien, mon enfant.

— Alors, maître, il faut que je vous rende cette petite clé qui ouvre la porte secrète sur la rue des Carmes..... Si Baptiste, poussé par le mauvais esprit, venait à en faire usage, maître Ramus serait compromis; Baptiste ne le veut pas! — Il déposa la clé sur la table de Ramus.

— Eh! d'où te vient cette clé?

— Le prêtre *Bégat*, ci-devant déchaussé, depuis six mois chassé par vous, pour cause de débordemens et mauvaises mœurs, en avait la possession... J'ai fait comme l'église catholique: je me suis enrichi volontiers des dépouilles de satan. »

Ramus, qui était huguenot, modifia par un sourire l'air sombre de son visage.

« Écoute, Baptiste : avec une intelligence comme la tienne, il faut renoncer à jeter des voiles sur sa pensée... Je t'épie et tu m'observes ; je suis en arrêt devant tes paroles, et tu as la même attitude devant mes réponses. Ta voix est douce, ton geste est mesuré, parce que tu es devant Ramus, et ta volonté sourde agite en ta poitrine la fournaise de ta colère ; les étincelles sortent par tes yeux ; tes mains qui déforment ta toque, déchireraient un homme... Jeu sur table !... tu as quelque grand coup en tête, n'est-il pas vrai ?... Mais, dis-moi, insensé, d'où te vient le droit d'abandonner ta vie aux vautours de l'abbaye de Saint-Germain et du parlement ?.. T'imagines-tu que ce qui se passe n'agite pas ma bile ?... Si ma voix était vibrante d'indigna-

tion, lorsque j'argumentais contre *Jean de Sa-
lagnac*, *Pierre Danès*, évêque de *Lavaur*, et
Jean Quintin, le docteur en droit, ne te dou-
tes-tu pas que toutes mes fibres sont ébranlées
par la fureur, lorsque je vois un féroce Valbomel dresser des potences où de pauvres enfans
vont s'ébattre innocemment?... Et ma raison,
mûrie par le malheur et le temps, crois-tu qu'elle
n'enfante pas mille anathêmes contre ce gouvernement des Guise, où je trouve un bienfaiteur,
où la France trouve sa misère et sa damnation!...
Sache-le bien, Crocoëzon, Pierre Ramus, principal du collége de Presle et professeur royal,
saisirait, s'il s'écoutait un seul instant, l'épée de
la guerre et la torche de la destruction, et, un
pied sur la Sorbonne, l'autre sur l'abbaye de
Saint-Germain, il étendrait le bras jusqu'au
Louvre, et secouerait la flamme, à son tour, sur
ces gens qui brûlent des hommes comme *Lu-
ther* brûla les Décrétales des Papes!... Ramus,

en face de ses enfans, discute froidement sur Aristote ; et dans cette solitude où tu viens le surprendre, Crocoëzon, il déchire sa chair avec ses ongles ; il crie avec larmes et désespoir : Mon Dieu ! mon Dieu ! l'emblême de la ceinture cachée dans le trou d'une pierre au bord de l'Euphrate, et retirée pourrie... est devenue notre emblême..... C'est la France qui sortira pourrie de dessous la main des Guise et des prêtres !.... »

Ramus s'était levé ; il étendait ses mains comme s'il eût maudit une foule ou une grandeur de la terre... Une blanche salive humectait ses lèvres tremblantes... il ressentait une convulsive exaltation.

« Maître ! maître !.. — cria Baptiste Crocoëzon, en pressant Ramus dans ses bras ; — voulez-vous seulement porter la parole contre ceux qui sont maudits en *Israël*; moi je porterai la torche ?...

— Silence! enfant!... silence! — reprit Ramus d'une voix sombre et tout honteux en voyant
la soudaine exaltation de ce Crocoëzon si en-
treprenant et si redoutable. — Silence! que ces
vilains mots échappés à ma souffrance soient
dits une seule fois et s'effacent de ton souvenir.
Je ne veux point que tu ruines mes projets sur
toi... Notre Dieu t'a fait don d'un grand courage et d'une grande force!... mais prodigue envers toi, il a fait plus, il t'a doué d'un bon
cœur et d'un belle intelligence ; c'est à l'emploi
de ces biens précieux que j'ai songé... Dans quelques mois, tu sortiras de ce collége ; je me suis
assuré pour toi d'un honorable et lucratif office
en ta ville natale... Nous en reparlerons... jus-
que-là, silence, résignation et travail.

— Maître, reprit Crocoëzon, ramené au calme
par le retour que Ramus venait de faire sur lui-
même, — je voulais seulement empêcher un
Anastase Beauchêne de souffrir et de pleurer ;

je voulais m'enquérir de la petite Maguelone traîtreusement enlevée du logis d'une honnête femme...

— D'une coquine, Baptiste ! d'une vieille coquine, dont la maison, par je ne sais quel privilége ni quelle charte, appartient à l'abbaye de Saint-Germain ; dont les oreilles et la langue sont achetées par Valbomel et la prévôté ensemble... Logis, véritable *cage aux écoutes; femme,* véritable *laveuse de nuit* de la Légende bretonne.

— Ah ! oui ! — fit Baptiste, en ouvrant de grands yeux et serrant ses poings.

— Ainsi, tu ne veux, enfant, que rechercher sagement le vrai de la triste aventure survenue à ton ami?... Le temps presse, et ce pauvre Anastase t'aura demandé à mains jointes d'y employer ton adresse et célérité... Je ne veux point te permettre de violer la consigne imposée par le recteur... mais non loin de la petite porte dont tu me rends la clé avec tant de loyauté, le mur s'abaisse et ne présente plus qu'une barrière de sept pieds de haut... si tu franchis cette barrière sans te blesser, si tu reviens prudemment, Ramus n'aura rien su ni rien vu. Avant de me quitter, prends ce billet, cache-le soigneusement ; tu iras rue Saint-Pierre-aux-Bœufs ; près de l'église, à droite, est la demeure du vertueux *Castelneau*, bon gentilhomme. La nature de l'écrit ne permet qu'un messager tel que toi. Le sire Castelneau l'attendait de mes mains : il le recevra des tiennes ; mais des tiennes, entends-tu bien !..... Embrasse-moi et va-t'en.

— Merci, Maître. » Dit Crocoëzon tout ému, car il comprenait tout ce qu'exprimait d'affection la condescendance du rigide Ramus.

SAINTE-MARINE.

XV

C'était beaucoup d'avoir enveloppé Timoléon de la Bourcadière et Maguelone; mais que faire d'eux ensuite? quelle sorte de vengeance choisir contre le page d'un duc de Guise tout puissant, contre la fille d'un pauvre homme du peuple, tous deux pris au même piége?

Fra-Jéronimo s'était bien concerté avec sa haine, et elle lui avait inspiré une étrange sagacité. Il n'y avait pas plus d'une heure que les deux jeunes gens étaient enfermés séparément dans une tourelle attenant à l'église Sainte-Marine, et un de ces religieux cordeliers, chassés par l'incendie de la maison Bâzin, logés par la méchante ironie de Henri II dans la rue aux Chiens, était admis, protégé et conduit par le confesseur de la reine, devant Marie Stuart.

La dauphine, devenue reine, écoutait plus volontiers, parce qu'elle se sentait plus puissante, les capricieuses pensées qui occupaient ses insomnies : la laideur corporelle du jeune roi, augmentée par la fatigue d'un amour maladif, prêtait une excuse à l'infidélité, en augmentant le dégoût.

Pendant la nuit qui avait précédé ce dimanche signalé par l'enlèvement de Maguelone, Marie Stuart avait cherché avec plus d'insistance que jamais un contraste idéal avec la réalité qui l'obsédait et la révoltait. D'abord, elle s'était reprochée d'avoir temoigné peu de sollicitude pour les derniers jours de la dame Marguerite, son ancienne gouvernante ; bientôt, le bon vouloir pour une existence désormais éteinte, cherchant à se prendre, comme moyen de compensation, à une existence encore animée, elle s'était retracée pour la millième fois la vivacité du premier amour, telle que l'avait exprimée Timoléon de la Bourcadière ; elle avait fini par excuser en lui tout ce qui l'avait irrité, s'accusant elle-même de l'indifférence et des torts de ce jeune page. Puis, prompte à se créer une douce illusion, fût-elle une faute, à se promettre un bonheur, fût-il un danger, elle avait résolu d'amener à ses pieds l'infidèle qu'elle espérait pouvoir aimer.

Lorsqu'était venu le matin, l'imagination de la reine avait parcouru tous les degrés de la préméditation : et le premier soin que prit Marie, en se levant, fut d'aller s'agenouiller sur l'estrade de son prie-dieu. — De l'infranchissable sommité d'où semble pouvoir s'exhaler sans crainte toute prière et toute pensée mystérieuse, — elle murmura, d'une voix pleine de charme et d'amour, une réflexion coupable, voilée par l'idiome du *Tasse*. (1)

Ebbene! è delitto l'amarla? e perchè il Cielo IL *fece sì amabile?* — *No, non, è delitto : non può esserlo.* (2)

___

(1) Le Tasse avait alors seize ans ; il avait déjà composé son poëme de *Renaud*, dédié au cardinal d'Est, et la cour de France commençait à affectionner la langue italienne, illustrée par l'Arioste et le génie naissant du Tasse.

(2) Eh bien ! est-ce un crime de l'aimer? et pourquoi

Puis en se relevant, et avec une sorte d'audace :

Quanti interessi insieme composti in una idea sola ! Mi vendico, ed amo ! (1)

« Que dites-vous, Marie ? » demanda, de la pièce voisine de l'oratoire, une voix grêle et jeune.

Marie Stuart ne répondit pas et rougit.

La voix n'insista pas ; mais il lui échappa un bâillement d'ennui et un soupir de souffrance.

« *Mi vendico, ed amo !* » reprit tout bas la femme de François II.

Puis les bruits du jour lui semblèrent harmonieux ; la clarté du jour plus brillante ; un

donc le Ciel *le* fit-il si aimable? — Non, ce n'est point un crime : cela ne peut être.

(1) Combien d'intérêts réunis dans une seule pensée ! Je me venge et j'aime !

vent frais venu par une croisée entr'ouverte fit
bruire la soie des tentures.

« J'entends, — se dit la reine en souriant, —
le bruit de la robe blanche de *Notre-Dame-des-
Portes* qui m'annonce une belle journée! »

Elle était toute joyeuse de ses projets pour la
soirée, lorsque la dame Raimbault lui annonça
que le Père *Onésime*, son confesseur, demandait
à être admis devant elle et à lui présenter un
moine.

« Ce n'est l'instant,—dit-elle,—de chagriner
ma conscience; toutefois qu'il soit fait selon le
bon plaisir de l'indulgent Onésime. »

Sur un signe de son introducteur, le moine
s'avança, s'inclina devant la reine, et, prévenant toute question, il dit avec une accentuation
qui exprimait bien le surnom de *docteur subtil*,
accordé à l'astuce de son esprit : « Madame,
j'ai nom *Jean de Lescot*... cordelier indigne; je
suis envoyé vers la reine au nom d'un saint abbé,

pour recueillir l'ordre de son bon plaisir, en une affaire grave et délicate.

— Parlez, mon Père,—dit Marie avec bonté.

— La cour de l'official de Saint-Germain-des-Prés doit condamner demain au mariage, devant Sainte-Marine, jeune homme et jeune fille qui ont péché par un commerce coupable.

— Dame Raimbault,—demanda Marie Stuart d'une voix émue, — sommes-nous donc élue, depuis ce jour, présidente de la cour de l'official, pour que semblable communication nous soit faite? Et vous, Père Onésime, — ajouta-t-elle en plissant son jeune front, — n'auriez-vous pu vous rendre compte de l'inutilité de cette confidence?

— Madame la reine, — dit le confesseur avec embarras, — Valbomel, puissant abbé de Saint-Germain, m'a supplié d'introduire près de vous son messager, en m'imposant d'ignorer le message...

— Et ce fut mal à vous, nous vous le disons, pieux Onésime, de prétendre nous contraindre, en vertu de votre charge, à l'audition de tous les méfaits que, comme femme et comme reine, il nous convient d'ignorer... Que la dame sainte Marine soit en aide à ces pauvres jeunes amans!.. nous ne leur voulons aucun mal, et si l'un de nos vœux pouvait leur sauver la honte, cet ANNEAU DE PAILLE, qui leur est destiné, deviendrait or pur ou rose odoriférante... Messire, qui avez nom Jean de Lescot, nous n'aimons pas à connaître les souffrances que nous ne pouvons soulager, les méchans jugemens que nous ne pouvons réformer...

— Si telle était la volonté de notre auguste reine que celui-ci ne fût point prononcé?... dit le cordelier avec soumission.

— Oh! mon Père! — répliqua Marie Stuart avec empressement et bienveillance, — nous commençons à comprendre l'ingénieuse tolé-

rance de Valbomel, abbé ; il a voulu, respectant
les règles de justice, nous confier le bonheur
d'user de notre droit royal.... Eh bien ! oui,
qu'il en soit décidé selon notre désir clément...
que ces deux amans soient délivrés des regards
de la cour de l'official ; qu'ils soient amenés en
la paroisse de Saint-Germain-l'Auxerrois, voisine
de notre Louvre, pour y recevoir douce absolution et pure bénédiction... Nous irons, nous le
promettons, à la messe de leurs épousailles, et
si l'intervention de Marie peut s'exercer par-delà cette fête d'hyménée, remettez à Valbomel,
abbé, cet anneau que notre mère, la grande
reine Catherine de Médicis, nous donna le premier jour de notre royauté.... Si la main de la
jeune épousée est petite, cet anneau y sera un
bon talisman. »

Marie Stuart ôta de son doigt un bel anneau
surmonté d'un saphir, et le présenta à Jean de
Lescot.

« Merci, Reine, dit le cordelier en glissant la bague dans la petite escarcelle pendue à la corde qui lui servait de ceinture ; — de sorte, reprit-il, que votre auguste bonté commande l'entière absolution des coupables ?

— Oui, certes, mon Père ; mais la charité et clémence sans discernement ne sont jamais un mérite : dame Raimbault, retenez les noms qui vont être dits, pour qu'ils soient offerts à notre munificence. »

Le cordelier parut chercher, et sur le ton de l'insouciance :

« Reine.... c'est une fille de pauvre homme corvéable, qui a nom Maguelone...

— Maguelone ! — fit Marie Stuart.

— Quant au jeune homme, il est de noble maison...

— Si c'est un page, ne le nommez pas, Monsieur, — interrompit la reine d'une voix tremblante.

— Il est page, — dit Jean de Lescot en s'inclinant.

— De notre oncle François de Guise, n'est-il pas vrai ? demanda Marie, prête de perdre toute prudence.

— C'est le fils du baron de la Bourcadière, — dit Jean de Lescot, qui épiait le moment de lancer le coup de poignard de sa parole.

— Je vous avais défendu, Monsieur, de le nommer ! — cria Marie, en se levant avec colère... D'où vous vient cette arrogante confiance d'aller plus loin que mes ordres ne vous permettent ?.. Je me plaindrai, je vous assure, à mes oncles, à l'illustre cardinal, de votre manquement à l'égard de votre souveraine.... Que m'importe à moi les débordemens de mœurs d'un page de mon oncle ?... Parce que ce nom que vous avez prononcé est familier au seigneur François de Guise, vous avez pensé que justice de l'official ne saurait l'atteindre... et, par une lâche timidité, vous avez osé surprendre sur mes lèvres un pardon défendu par l'équité!.. Je n'ai point affaire en tout ceci, entendez-vous, Monsieur le cordelier?... je rétracte fermement ce que vous m'avez arraché par ruse.... je ne veux point que ma voix porte grâce en cette affaire... qu'il advienne selon le droit.... Père Onésime, introducteur de méchans discours, je demanderai à Monsieur le Cardinal de vous interdire le droit de m'entendre à confesse.... Vous avez les oreilles ouvertes pour trop de gens... Sortez tous deux... je vous l'ordonne... »

Le cordelier était satisfait, le confesseur était au désespoir : tous deux se reculaient pour sortir.

Marie Stuart marcha vers le moine, le saisit par sa longue manche, l'entraîna dans une embrasure de fenêtre, et à demi-voix, par jets entrecoupés :

« Mon Père, nous ne voulons cependant rien

décider sur le sort de coupables qui ne nous touchent en rien ; — elle baissa les yeux.

— Est-ce qu'il y a eu péché ?... demanda-t-elle avec un trouble qui n'était pas celui de la pudeur.

— En une chambrette d'une pauvre maison, dépendance de l'abbaye, tous deux furent surpris, Reine.

— Tous deux, mon Père ?... dans la même chambrette ?... tous deux, seuls ?... Fi ! le gentilhomme qui associe à ses mauvaises mœurs une fille de corvéable... fi ! le page impur !... Mon Père, à Sainte-Marine une messe qui serve d'exemple aux muguets effrontés de la cour ! un anneau de paille pour ces doigts impudiques !... Si le crédit d'un baron s'interpose, dites tout bas à Valbomel, abbé, « la reine le veut ! » car je le veux... entendez-vous bien ?... et j'ai dit... Père Onésime, ne reparaissez jamais devant moi. » Elle tomba à la renverse dans son fauteuil, avant même que les deux religieux se fussent retirés.

Après cette perfide confidence, faite à la femme de François II, Valbomel pensa qu'il pouvait sans crainte satisfaire sa haine et sa vengeance, en frappant, du coup le plus inique et le plus brutal, le nom des la Bourcadière. *Araignée* ou *dogue*, ces deux qualifications si contraires lui venaient tour-à-tour à la pensée, lorsqu'il voulait caractériser l'activité furieuse, qu'il ne croyait que servile, du nouveau curé de Sainte-Marine.

« Va, mon fils, — lui dit-il bénignement, aussitôt que Jean de Lescot lui eut rapporté les expressions de la colère jalouse de Marie Stuart, — la petite reine est tourmentée par le malin esprit; elle servira ma justice.... Prépare ton autel; fais tresser, par une fine bouquetière, le plus fin anneau de paille que puisse permettre la litière de mes mules; et comme le tronc de ton église ne reçoit que de rares et minces aumônes, voici, sur mon épargne, quinze vieux *doubles parisis*, du temps de notre roi Charles IV, (1) qui paieront la cire, le vin et l'eau... Sois discret, sois vigilant, et demain, la cour de l'official prononçant de bonne heure, la cour du Louvre apprendra qu'un page de Guise a épousé la fille d'un bûcheron... Les formes judiciaires y seront un peu brusquées, mais le manteau abbatial couvrira tout cela... Si le François de Guise fait claquer sa langue, (2) et relève trop haut sa moustache, je saurai m'accrocher à la conscience et au jupon de Marie Stuart. »

(1) Charles IV, dit Le Bel, fit le premier frapper les *aboles blanches d'argent* et les *doubles parisis*, le 20 janvier 1326.

(2) Tic de François de Guise, lorsqu'il était fortement irrité.

COURSES NOCTURNES.

XVI

* Quant à Baptiste Crocoëzon, qui battait consciencieusement l'estrade pendant cette après-midi du dimanche, il se dirigea d'abord vers *les frontières* de l'abbaye de Saint-Germain-

des-Prés, et, en tacticien habile, il ne trouva
rien de plus opportun que de flatter l'amour-
propre et exciter l'indiscrétion de Péchon-Gorkuf, dont le petit-fils eut de la réputation dans
le temps de la ligue en Bretagne, sous le règne
de Henri IV, en sa qualité de bourreau de
Vannes.

Péchon-Gorkuf était le barbier de Valbomel; maître-juré nommé par l'abbé, il était
dévoué à ce saint dignitaire corps et âme, langue et rasoir! je dis dévoué, parce que ce dignitaire était inamovible. Péchon-Gorkuf, confident
obséquieux des gens qu'il rasait, connaissait
beaucoup de secrets; il était rationnel de supposer que l'enlèvement de Maguelone, ordonné par
l'abbé, avait arraché à celui-ci, heure expansive
de la barbe, quelques-unes de ces exclamations
qui trahissent l'arrière-pensée elle-même.

Mais le phénix de l'université ne se doutait
pas à quel rude joûteur il allait s'adresser : ha-

bitué à la loquacité surabondante, empesée et *vieillotte* du barbier Vancourt, Crocoëzon allait mener lestement les mots et les idées devant le plus intrépide menteur qui existât dans les maîtrises au service de l'abbaye.

Péchon-Gorkuf avait le teint jaune, la lèvre plate, l'œil voilé, le regard oblique, la voix cauteleuse ou sèche, selon l'exigence du moment; comme toutes les mauvaises natures, il disait de méchans mots sur les morts, les vaincus, les faibles, les malheureux; il était plus dissimulé que prudent; il était poltron, mais menteur et obstiné; il abattait un homme brave et fort, parce qu'il le prenait en traître; et quand un face-à-face devenait inévitable, alors il s'armait d'un impudent mensonge, d'une calomnie à deux tranchans.... *Qui diable résisterait à cela!*

Crocoëzon lui-même y devait perdre son équilibre. Il se présenta chez le barbier abbatial au moment où le cauteleux maître-juré suppu-

18..

tait le revenant-bon d'un petit négoce fraudu-
leux....

« Saint Germain bénisse ma maison ! — dit-il
d'un air inquiet, en voyant le puissant Baptiste ;
— en quoi puis-je vous servir ?

— Cette enseigne du *Cœur d'Étain*, cette devise : *au chien couchant les bons morceaux*,
m'annonce, — répliqua l'écolier, — la demeure
de maître Péchon-Gorkuf ?...

— Rien ne m'annonce votre visite, Messire,
— répondit scrutativement le barbier.

— Je suis clerc d'église, pas encore ordonné,
et j'appartiens à l'abbaye de Sainte-Geneviève,
en qualité de porteur de châsses... Mes épaules
et mes bras justifient de mes fonctions ; jours
de cérémonie, j'ai pour parure une aube plissée
en toile fine, ce qui me donne un certain air de
muguet, à ce que prétendent les chantres. On
m'a baptisé Claude, et mon père, dont je suis
la sincère ressemblance, avait nom Pichard,

issu de marguillier - chaussetier, servant la messe et buvant le sang de Notre-Seigneur dans les burettes... moi, je bois de l'eau, et je prie Dieu qu'il assiste maître Péchon-Gorkuf...

— Ensuite? demanda le barbier avec impatience.

— Cette question judicieuse fut adressée trois fois par Cynéas au roi Pyrrhus; je vous dispense de cette monotone répétition, en vous disant : Vancourt se fait vieux, sa main tremble, et du même coup il ébrèche la lame et la peau... le quartier Sainte-Geneviève saigne au visage et souffre; il demande à grands cris des rasoirs mieux affilés et une dextre plus habile... Ne pourriez-vous, illustre maître, installer en la place Sainte-Geneviève quelqu'un qui fût vôtre; un disciple instruit à votre savante école? La prébende serait de bon aloi; je vous le jure... et je viens vous en donner l'assurance de la part des plus fortes barbes de la cité universitaire.

— Parlez-vous sérieusement ? — demanda le soupçonneux barbier.

— J'en adjure le marguillier Pichard, qui fut mon père et buvait le vin des burettes.

— Votre proposition me duirait assez, — reprit Péchon-Gorkuf, en guignant de l'œil et se frottant le menton ; — une succursale établie en votre quartier pourrait produire un gros revenu, car vous dites vrai, Vancourt se fait vieux... j'aviserai.

— Et vous sentiriez-vous disposé, Maître, à rendre service pour service ?

— Pourquoi non ?

— Faire état de porter des châsses, c'est une noble profession ; il est glorieux de porter sur ses épaules ceux *qui mortui mundo nascuntur cœlo ;* mais faut-il vous l'avouer, je me sens un penchant pour un autre métier, et j'ai ouï dire que votre crédit pourrait m'y être utile.

— De quel métier parlez-vous ?

— Vous allez rire, Maître ; mais soit humeur peccante et atrabilaire, soit tout autre motif que je ne m'explique pas et qui me fait renier, quoique j'en aie, la candeur et urbanité de Maclou Pichard, qui fut mon père et buvait le vin des burettes ; tant il y a, enfin, que je n'aspire qu'à la place de gardien des prisonniers de votre abbaye... on dit le poste lucratif.

— Bah ! — fit le barbier en examinant attentivement son interlocuteur.

— La justice du bailliage de Saint-Germain-des-Prés me semble exercée pour le plus grand profit des guichetiers, c'est ce qui m'invite à la préférer...

— M'est avis, cependant, que la chambre apostolique de Sainte-Geneviève mène assez rondement les jugeries criminelles...

— Erreur, Maître ! erreur ; notre chambre apostolique est tombée dans un abus de tolérance et d'humanité qui convient peu au développement de mon énergie !... elle a fait enfouir vivante Marie de Romainville, pour un léger larcin, sous les fourches d'Auteuil... (1) c'est vrai, mais le fait date de loin ; puis, une fois n'est pas coutume..... tandis que chez votre abbé, les moissons se font en grand !... Est-ce qu'on ne va pas pendre quatorze écoliers internes ?...

— Possible que si, — répondit le barbier d'un air mystérieux.

— Jugez, Maître ! — s'écria Crocoëzon en frappant librement sur l'épaule du livide Gorkuf, — combien de sous parisis pour un guichetier complaisant !.. Supputons, il y a environ cinquante prisonniers dans les cachots de votre abbaye ?

— Suis-je prévôt, pour le savoir ?

(1) *Antiquités de Paris.*

J. DUBREUIL, Parisien.

— Non, mais vous êtes l'ami, le confident, le conseil du vertueux Valbomel...

— Quand cela serait! — répliqua Gorkuf, s'adoucissant et se hissant sur l'estime de soi.

— Cela est, Maître, cela est.... et tout en brossant le menton du saint abbé, vous entretenez son oisiveté par les avis les plus sages; ne pourriez-vous lui dire : je connais un Claude Pichard, issu de marguillier-chaussetier... vous savez le reste....

— Et je ne le dirai pas, — interrompit durement le sagace Gorkuf; — l'abbaye de Saint-Germain-des-Prés n'a pas de recrues à faire sur le terroir de Sainte-Geneviève...

— Elle y fait cependant des prisonniers! — objecta vivement Crocoëzon; — et ce matin encore il y avait tumulte sur la place Sainte-Geneviève...

— A l'occasion d'une ribaude et d'un muguet... continua imprudemment le barbier.

Ici l'écolier et le prétendu confident de Valbomel s'entre-regardèrent et se comprirent. Cro-
çoëzon ne pouvait pas long-temps mentir à sa
franchise ; Péchon-Gorkuf ne pouvait pas long-
temps s'abandonner à une causerie communica-
tive ; ce dernier toujours en éveil, portant le
masque du loup, dont il avait la soupçonneuse
allure, se méfia de l'ouverture faite par cet
étrange visiteur, et se tint sur ses gardes. Baptiste, assuré qu'il n'en tirerait plus d'éclaircis-
semens raisonnables, reprit sur un ton d'insouciance :

« Puis-je promettre à ceux qui m'envoient
que Péchon-Gorkuf entendra leurs vœux et ma
prière ?

— J'aviserai, maître porteur de châsses ; aussi-
bien, de vos propositions et de vos projets, peut-
on dire avec prudence : *cela se mange froid.*

— *Amen*, maître barbier... Et le jour où vous
aurez avisé, je vous promets une installation

telle que notre châsse de Sainte - Geneviève en
rougira de jalousie. » Baptiste tourna les talons
et murmura entre ses dents :

« Vienne une mutinerie, vilain fourbe, et
après que j'aurai brûlé ta langue menteuse, je
te ferai suspendre autant de pieds au-dessus du
sol qu'il y a de lettres dans le mot *ribaude*. »

Il se dirigea d'autre côté, interrogea vingt
personnes, jusqu'au valet du bailli de Saint-
Germain ; il ne put rien apprendre sur le sort
de Maguelone : la nuit le surprit dans ces vaines
recherches.

« A l'hôtel de Guise ! — se dit-il tristement.
— L'antre de Cacus a des profondeurs mystérieuses ; il n'importe. Dussent toutes mes facultés
être réduites au flair du chien, je ne demande
qu'à me reconnaître sur la trace, et alors je don-
nerai de la voix de telle façon, que la grande
meute y viendra. »

Le couvre-feu allait sonner, lorsqu'il passa

dans la Coulture-Sainte-Catherine, sous la fenêtre de Glorienne Macou. Il s'y arrêta un instant, leva la tête, et, sans s'expliquer le pourquoi, il lança vers la fenêtre quelques pensées
philosophiques qui révélaient ou l'influence des
brumes de la nuit que refroidissaient un vent
d'ouest, ou la préoccupation intime d'une âme
qui, de l'état de calme et d'indifférence, allait
entrer dans la tourmente d'une passion et d'un
péril.

« Dormez, mes amours!.... Pendant cette
longue nuit, juif errant, je voyage et ne m'arrête pas!... ainsi les nuits se succèdent sans se
ressembler.... Je ne m'arrête pas!... chère petite
Maguelone! joyau d'Afrique ou d'Andalousie!..
femme si gentille, qui fais rêver les muguets et
les vieillards, les chanoines et les sergens du
palais! Douce amie, qui ne fais qu'un heureux!..
un temps viendra où les ans auront flétri tes
charmes, et tu descendras à pareille heure, au

milieu de nos rues, bravant les mauvais vents et la pluie, pour trouver les galans qui maintenant t'implorent sous la fenêtre!.... (1) Les dieux me privent de la vue, lorsque ce temps sera venu.... »

Et par l'effet d'une réaction naturelle à son humeur, il se sentit une velléité de dissiper cette bouffée philosophique, imitation d'Horace, en se livrant aux plaisirs d'une nuitée amoureuse, auprès de sa Glorienne Macou.

« Non, — se dit-il en poussant un soupir; — non, je n'irai pas!... Tandis qu'un ami pleure et souffre, en attendant sa Maguelone, je ne dois point m'arrêter sous une alcôve où j'oublierais

---

(1) *Invicem mœchos anus arrogantes*
  Flebis in solo levis angiportu,
  Thracio bacchante magis sub inter —
    Lunia vento.

Hor. Ode XXV.

Édition d'Avignon, M D CC LXXXV.

bientôt tout ce qui ne serait pas Glorienne!...
Bonne nuit à mes amours..... adieu, petite
amie!... »

Il s'éloignait disant cela ; mais après un pas,
faisait une pause, mais cherchait du regard une
clarté sur la vitre, et dans cette clarté l'ombre
d'une tête : il s'éloignait comme lorsqu'on adresse
à un être aimé un long adieu.

Arrivé devant l'hôtel de Guise, il comprit
la difficulté d'y pénétrer à pareille heure ; sachant bien que les abus ont leur habituelle rési-
dence autour des palais et des grands, il pensa
avec raison que, malgré les réglemens de police,
les tavernes du voisinage de l'hôtel seraient ouvertes pour les petits gentilshommes et les grands
laquais au service de François de Guise.

« Que veut ce moinillon ? — demanda un
gros homme qui, à la guerre, portait l'arquebuse du duc.

— Du genièvre, et du meilleur ! — répliqua

Crocoëzon en nombrant, par la pensée, le groupe des buveurs.

— Par édit royal de feu Henri, les écoles buissonnières sont défendues, — dit un officier de la bouche, furieux catholique.

— Sont défendues à l'occasion de messieurs de la réforme, en plaine ou dans les buissons, mais non pas dans les tavernes, où se rencontrent tant de braves gens au regard d'un porteur de châsses de ma dame Sainte-Geneviève, — répondit Crocoëzon avec assurance.

— Bien parlé ! — s'écria l'officier de bouche, enchanté de la réponse ; — et tu vas me faire raison avec ce vin de Chypre, qui, ce matin encore, reposait dans le cellier de Monseigneur. »

Le cabaret fut de tous temps l'asile des amitiés faciles et le théâtre des promptes colères.

« Porteur de châsses ! — reprit l'officier de bouche ; — voilà une belle profession !... Mais, porteur de châsses ne dit pas porteur de soutanes ?

— Judicieusement pensé, Messire.... Si je conserve ma soutane, c'est afin de mieux inspirer le respect.

— Dans une taverne ?

— Sans doute.... parce que, partout ailleurs, la soutane suffit, et dans la taverne, en relevant un peu mes manches, je trouve de quoi suppléer à l'efficacité de la robe méconnue....

— En effet, — dit sérieusement le dispensateur du vin de Chypre, — voilà des doigts et un poignet qui promettent une assistance musculaire on ne peut plus respectable !... Mais à pareille heure, compère, le seul loisir de boire ne vous amène de si loin ?

— Il y a encore une curiosité.... — dit Baptiste en affectant un air mystérieux.

— D'entendre ?

— Non, de voir.

— Et que voyez-vous ici?...

— Pas assurément celle que je cherche.

— Ah! le joyeux serviteur d'église!... en portant la châsse de sainte *Aude*, il s'est complu dans des pensées d'amourettes!

— Oui vraiment, sainte Aude était une fort belle femme; j'ai souvent admiré son squelette au travers de la vitrerie qui lui sert de chemise....

— Et du squelette de cette belle femme, vous êtes venu à la chair de sainte?...

— Bavard curieux, — pensa Crocoëzon; — puisses-tu me parler de Maguelone!

— Vous craignez de répondre?... Une rasade de ce bon vin, et la confiance vous viendra.... d'ailleurs, je puis peut-être vous servir....

— Je commence à l'espérer.... car vous me paraissez un bon diable.

— Ainsi donc, la châsse que vous voulez porter est logée dans ce voisinage?

II.   19

— Dans l'hôtel de Guise.

— Ouais! — fit l'officier de bouche. — Son nom?

— Je ne puis le dire.

— Encore une rasade.

— Non.... votre Bacchus est trop inflammable.... j'ai besoin de ma vue et de mes jambes.... Mais si je vous tais le nom de ma sainte, je vous confesserai qu'elle me rend malade de jalousie!

— Ainsi font, mon compère, les folles filles de notre hôtel.

— Un maudit page.... que Dieu punisse!... trouble mes jours et mes nuits, et me fait courir, heures indues, comme un vagabond!

— Ah! c'est un page de notre duc!...

— Lui, je vous le livre, il a nom la Bourcadière.

— Je vois cela d'ici.... pâle muguet.... qui faillit courir une royale aventure, et s'arrêta,

jour des noces, en s'abattant sur un échafaud....
On le dit perdu depuis ce matin....

— Perdu!

— Sans nul doute.... Un chevaucheur d'écurie a été envoyé hors Paris, jusqu'au manoir de
son père; on ne l'y avait pas vu.... Le duc, en
partant ce soir pour le Louvre, en parlait avec
inquiétude.... Voilà de quoi vous rassurer.

— Dites de quoi me damner!... si ma mignonne a suivi ce page. » Et le visage de Crocoëzon exprimait un réel désappointement. Une
idée soudaine lui vint à l'esprit.

« Par le bras de saint Georges, que j'ai porté
l'an passé, ce page, que je n'ai jamais vu et que
vous dites perdu, pourrait bien être un jeune
seigneur enlevé ce matin même en une maison
de la place Sainte-Geneviève, par une cohue de
cavaliers et de sergens !....

— Possible, — fit le serviteur de Guise, qui
certainement avait mission secrète pour causer

à cœur ouvert dans les tavernes. — Vîtes-vous l'enlèvement?

— Non, mais on m'en raconta les détails....

— La maison?...

— Celle d'une vieille coquine, veuve d'un coquin.... Honoréus était le nom du défunt; Gudule est celui de la survivante : l'image de Saint-Julien-le-Pauvre sert d'enseigne à ce clapier.

— Compère! — s'écria l'officier de bouche avec une satisfaction sincère, — rien de ce qui appartient à un François de Guise ne peut disparaître comme ferait femme ou fille de manant.... j'en excepte les bouteilles de Chypre... chien ou page doivent se retrouver, avec large indemnité de la part du recéleur.... Si, par votre renseignement, le page se retrouve, je vous attends demain, à pareille heure.... nous boirons à ma dame Sainte-Geneviève, dont la châsse doit être lourde! »

Baptiste Crocoëzon se retrouva devant un verre vide, à une table déserte, et vit s'écouler peu à peu cette foule de buveurs; tous étaient avinés, et lui bien triste! la nuit était fort avancée.

C'était l'heure de l'exaltation chez ceux qui veillent; heure de l'amour, de la vengeance et des mauvaises pensées.

Baptiste, tout en se disant qu'il avait bien fait d'intéresser l'espionnage de son interlocuteur à la découverte de Maguelone, songea d'une manière plus lucide à cette maison de Gudule dont il venait de donner le signalement. Et aussitôt, sans s'alarmer des distances, traversa Paris, gagna le quartier Saint-Germain par la porte de Nesle, où il avait une intelligence, le gardien de cette porte ayant un fils *martinet* à Montaigu; puis, d'une traite, et avant deux heures du matin, il arriva devant la maison de Gudule. Là, il se recueillit, réfléchit sur le plus sûr moyen de se faire ouvrir la porte de cette demeure ; et, conjecturant de l'enlèvement et des paroles de Ramus, que la vieille femme était en relation d'affaires avec la justice abbatiale de Saint-Germain, il résolut de ne se point nommer.

Trois grands coups qui retentirent jusque dans le vieux cloître de l'abbaye, firent bondir sur sa mince couchette la veuve d'Honoréus. Au quatrième coup, elle se leva toute tremblante, prêta l'oreille, et entendit distinctement ces mots :

« Gudule ! sainte femme, debout ! c'est l'heure ! »

Elle ouvrit un petit vasistas, et d'une voix peureuse :

« Qu'est-ce ?... que me veut-on ?

— Ouvrez.... de par le seigneur et propriétaire de votre sainte maison.... de par Valbomel, abbé, ouvrez vite ! »

Gudule, trompée sur la voix, effrayée par

celte révélation bruyante, se hâta de répondre :

« Silence ! et attendez.... »

Elle vint ouvrir contre toute prudence, et parce que la scène qui s'était passée le matin avait complètement égaré son esprit. Toutefois, entre-baillant sa porte, elle avança la main, et palpa le personnage qu'elle allait introduire ; le toucher de la soutane la rassura.

« De la lumière ! — dit Crocoëzon en vieillissant sa voix.

— Suivez-moi, mon Père.... j'ai passé la dernière journée dans le jeûne et la prière ; j'ai soupé bien tard, sentant le mal de tête et le mal de cœur, produits des graves émois... Dans mon âtre, nous trouverons encore l'étincelle d'un tison.... Est-ce que le seigneur bailli de l'abbaye de Saint-Germain demande une nouvelle preuve de mon zèle ?...

— De la lumière ? — fit Crocoëzon.

— Dans un instant, le plus court des instans.... encore ces trois marches.... ne vous heurtez contre le pilier qui soutient la vis de l'escalier.... Saint Valbomel m'éclaire! j'avais dit vrai, l'étincelle chatoye dans la cendre!... »

La vieille Gudule, qui était évidemment sous l'influence d'un mauvais réveil, parlait comme font les malades agités par une fiévreuse somnolence : elle s'accroupit devant les débris de ses tisons; souffla en haletant, parvint à faire courir le feu, ranimé, dans les fissures de la bûche charbonnée, et, après de grands efforts, elle obtint un jet de flamme.

Sa lampe étant rallumée, elle se retourna vers l'homme en soutane qui se tenait immobile.

« J'attends vos ordres, mon Père?...»

Elle poussa un cri, fit un bond en arrière...

« Crocoëzon!...

— Comment, Gudule! — dit l'écolier, réprimant d'abord les mauvaises dispositions de son humeur; — comment, tu te méprends ainsi

au regard de Baptiste! il suffit d'une souquenille de diacre pour égarer toutes tes percep-
tions?

— En effet, — répliqua la veuve d'Honoréus
entièrement réveillée, — je ne comprends pas
comment j'ai pu descendre et ouvrir, nuitamment, sur le seul avis d'un coup de marteau
dans ma porte... et maintenant, que me voulez-
vous, à pareille heure?... ce n'est demain la fête
des fous, ni celle des écoliers?

— Gudule, — dit Crocoëzon, dont la physionomie et la voix trahissaient déjà la malveil-
lante émotion, — je viens voir la chambre où,
hier, dimanche, fut trouvée, en compagnie d'un
muguet de cour, cette Maguelone que je t'avais
annoncée....

— Hélas! mon Baptiste, cette chambre est
bien connue de vous; c'est celle où, jours de
conciliabules, vous vous retirez pour deviser
entre écoliers.... pas un meuble en cette cham-

bre qui ne puisse dire : « J'ai été cassé par Crocoëzon, disciple de M. Ramus. »

— Comment le muguet s'y trouva-t-il?

— Entré par surprise en ma maison, il s'est
aussitôt dirigé vers le retrait de cette jeune fille...

— Subtil jeune homme !... Et comment, derrière lui, montèrent sergens et truands, au service de l'abbaye de Saint-Germain?

— Ceci, mon Baptiste, est mirifique et tient
à la sorcellerie.... j'appris la venue du muguet
par l'irruption des sergens....

— Bonne Gudule! » dit l'écolier avec un accent qui fit frissonner la vieille femme.

Il y eut un silence, pendant lequel Baptiste
et la maîtresse du logis s'interrogèrent du regard, s'appliquant bien à ne pas se laisser tromper par les fausses ombres que projetait sur
leur visage la lueur rougeâtre et vacillante de
la petite lampe.

« Gudule, — reprit l'écolier, n'ayant de rail-

leur que le sens de ses paroles, — il y eut un
jour une singulière entrevue entre *Pantagruel*
et la reine *Niphleseth*.... j'en voudrais emprun-
ter les discours, mais, pour te les adresser, je
te trouve trop vieille et trop laide....

— Sainte Geneviève!... êtes-vous en état de
maladie ou de sommeil satanique, messire Baptiste?... Jamais, au grand jamais, vous ne m'a-
vez jeté au visage pareille injure.... moi, si dé-
vouée aux enfans des écoles!...

— Je préférerais, Gudule, te traiter comme
Panurge traita certaine dame parisienne, d'où il
s'ensuivit que *six cent mille quatorze chiens*,
faisant compagnie à la dame, l'insultèrent de
six cent mille quatorze façons, et attirèrent sur
elle les risées de toute la ville... Selon le dire de
Péchon-Gorkuf, le sournois, j'aviserai... Gudule, combien reçois-tu de l'abbé de Saint-Germain pour espionner, trahir et livrer ceux qui
cherchent asile en ta maison?

— Jésus-Dieu ! Messire, que dites-vous là !...

— Je dis, servante du diable, que tu es ar-
rivée à l'heure critique où les âmes s'examinent
et récitent les patenôtres mortuaires....

— Horreur !... mon Baptiste !...

— As-tu pensé, fille de *mardi-gras,* que cette
belle Maguelone étant vendue par toi à l'abbaye,
Baptiste, qui t'avait annoncé sa venue, ne se
présenterait pas pour te dire : Qu'as-tu fait de
Maguelone?... Et, parce que ton cri malfaisant
attire les sergens dans ce clapier, t'imagines-tu
que Crocoëzon aura peur des sergens?... Gudule,
je porte la soutane; à cette heure, je suis diacre,
abbé, tout ce que l'espoir de ton salut peut te
permettre d'imaginer...... vite, confesse-toi;
c'est l'instant..... le coq venant à chanter, tu
meurs!... »

La vieille femme, épouvantée, se recula jusqu'à son lit, saisit d'une main les rideaux en
laine verte qui tombaient du baldaquin, cher-

chant à se garantir d'une chute, car ses jambes
flageolaient, ses genoux s'entre-choquaient....

« Baptiste !.... le Baptiste tant vénéré, tant
aimé, tuerait la pauvre vieille Gudule ! — dit-
elle d'une voix lamentable, et deux ou trois
larmes roulèrent, froides, sur ses joues glacées
et flétries.

— Pleurer et gémir, c'est bien : ce n'est point
assez pour obtenir miséricorde en purgatoire....
Vite, dépêchons ; j'écoute. »

Et, de dessous sa soutane, il tira une longue
dague à lame triangulaire ; Gudule fléchit, et
se trouva assise sur ses talons.

« Il est vrai, — dit-elle enfin d'une voix toute
strangulée ; — oui, un muguet m'a donné trois
doubles parisis pour monter en la chambre où
attendait cette jeune fille.... un serviteur de Valbomel, abbé, m'avait donné cinq doubles parisis pour laisser faire au muguet, et laisser
passer les sergens....

— Qu'est-il advenu de Maguelone?

— Je ne sais.

— Tu mens en agonie! — s'écria Crocoëzon en brandissant son poignard.

— Tuez-moi, j'ai tout dit! — répliqua Gudule en laissant sa tête s'affaisser sur sa poitrine.

— Quoi! veuve d'Honoréus, pas un mot de plus!... rien qui m'apprenne à quelle fin eut lieu cet enlèvement!... Gudule, à boire.... j'ai soif!

— Comment! — fit la vieille femme en soulevant sa tête et ouvrant son œil vitré.

— Je te dis que j'ai soif, vieille pernicieuse!.. donne-moi du vin, car la bataille qui va commencer avec le jour sera chaude... A boire! »

Gudule, que ne pouvaient rassurer tant de paroles incohérentes, se releva toutefois et servit à boire au terrible écolier. Crocoëzon s'assit près d'une table dont les pieds croisés manquaient d'aplomb, et, accoudé, ne buvant pas, resta

muet, conservant sa physionomie pensive et
sombre.

Vertige ou conscience réelle du châtiment
qu'elle méritait, du coup qui la menaçait, Gudule se plaça tout de suite, sans espoir et sans
résistance, sur le seuil de sa vie ; Crocoëzon lui
apparut, non pas avec la furieuse énergie d'un
assassin, mais avec la meurtrière inertie du
bourreau, qui, sûr de frapper, ne se presse pas
et attend l'heure. Ce n'était plus pour elle qu'une
affaire de temps ; elle songea uniquement à ne
point hâter la catastrophe par un mouvement,
par un geste, par un mot. Cette créature, déjà
si frêle et si décrépite, en présence de ce silence
fascinateur, de cette colère méditative, fit un
suprême effort, et consuma ses dernières res-
sources dans la contraction d'une immobilité
qui dura trois heures.

Si le caractère connu de Baptiste Crocoëzon
justifiait cette terreur préventive, Gudule ne s'en

rendait pas compte : heure sinistre, se dressait devant elle, un poignard à la main, un homme qui savait ses trahisons, et avait sur elle un droit de vengeance.... Elle attendait la mort.

Quant à l'écolier, il était dans un de ces momens de crise où le libre arbitre humain se débat contre la fatalité, où la raison lutte contre les passions, où, près de s'élancer dans un fleuve ou dans un gouffre, la pensée mesure les profondeurs, nombre les escarpemens et éclaire le but. Crocoëzon avait oublié la vieille femme ; un vaste et sanglant projet se déroulait dans sa tête, et faisait passer des teintes livides et menaçantes sur son visage.

L'humain et joyeux Crocoëzon allait, avec sa robe nubile, déposer son caractère plein de naïveté et d'innocence ; lui, lumière des bancs de l'école, il allait formuler à la manière des soldats enivrés par la victoire et par le vin, et se ruant dans les villes conquises.

Tandis qu'il suivait d'un regard désolé les fantastiques tableaux dont il voulait réaliser le drame, Gudule s'attachait à ce regard qui l'oubliait, et ajoutait en quelques heures des années à sa vieillesse. Sa souffrance intime fut si poignante, que, peu à peu, elle subit la tension musculaire du tétanos ; ses extrémités se refroidirent, son sang se refoula vers son cœur ; sang appauvri, cœur desséché. Arriva l'instant où toute son existence se réfugia dans ses yeux, qui étincelèrent.

Le petit jour parut. Le chant d'un coq retentit dans le silence : Crocoëzon avait pris son parti ; il reprit son poignard, laissé sur la table, et cria en se levant :

« Dieu me jugera ! »

Gudule voulut pousser un cri, étendre les mains ; le lacet de la mort serrait sa gorge et liait ses mains : elle donna une secousse de ses talons, et, comme une statue détachée, tomba d'une pièce, et morte, aux pieds de Baptiste.

« Elle était là ! » dit l'écolier avec stupeur ; et il franchit ce corps, impressionné par un froid qui courait dans ses veines, une indicible crainte qui accélérait sa marche.

Il sortit de cette maison, meurtrier sans le savoir.

L'ANNEAU DE PAILLE.

XVII

La légende de *Sainte-Marine* révèle une des
plus grossières inepties que la vie monacale ait
su produire, et certes elle n'a pas manqué d'être
féconde en brutales aventures.

« Sainte Marine, vierge grecque, native du
» pays de Thrace, fille unique de son père; à
» la persuasion d'icelui, se rendit religieuse en
» un certain monastère, où son père s'estoit ia
» rendu religieux, et pour paruenir à ceste fin,
» de son conseil changea de nom, se faisant
» appeler Marin, et prit un habit d'homme,
» et en ceste qualité, ayant receu l'habit de re-
» ligion, fut appelée frère Marin, et ainsi de-
» meura audict monastère auec son père iusques
» à tant qu'il trespassa, elle étant aagée de 16
» ans. Or, les frères du monastère auoient
» accoustumé de venir en la ville, auec vn
» chariot et des bœufs, pour emporter les cho-
» ses nécessaires au couuent. Dont, par le com-
» mandement de l'abbé, quelquefois frère Ma-
» rin conduisoit le chariot, aydoit les frères à
» porter du bois. Lesdicts religieux auoient
» accoustumé, quand il ne restait de iour assez
» suffisant pour retourner en leur monastère,

» d'estre hébergez en la maison d'vn certain
» gentilhomme nommé Pandoche : le fille du-
» quel.deuint grosse, ayant eu affaire à certain
» soldat. Duquel faict estant pressez par ses pa-
» rens pour en scauoir la vérité, dict que frère
» Marin l'auoit violée. Sur quoy s'estant plaint,
» Pandoche, l'abbé, interroge frère Marin, pour-
» quoy il auoit commis vne si grande méchan-
» ceté, lequel confesse auoir péché et demande
» pardon. Quoy faict l'abbé, commanda qu'il
» fust frappé de verges et puis le mist hors du
» monastère. Ce qu'elle endura patiemment, et
» demeura presque la longueur de trois années
» deuant la porte du monastère, sans iamais
» aller ailleurs, et ainsi estant sustentée tous les
» iours seulement d'un morceau de pain, comme
» si elle eust commis le péché, perséuéra en sa
» pénitence.

   » Après trois ans, l'enfant est sevré et enuoyé
» à l'abbé, qui le baille à frère Marin pour le

» nourrir. Laquelle vierge, par deux ans, comme
» si c'estoit le sien, le nourrit, et auec icc1uy de-
» meura en ce mesme lieu. A la fin, les frères,
» ayant pitié de sa patience et humilité, inter-
» cèdent pour luy enuers l'abbé : et, de sa li-
» cence, l'introduisent au monastère auec son
» enfant, ayant pour pénitence d'oster toutes
» les ordures de la maison et porter l'eau qu'il
» fallait au couuent. Ce que faisant ioyeusement,
» elle trespassa le dix-septiesme des calendes
» d'aoust. L'abbé commanda que son corps fust
» enterré loing du monastère, pource qu'elle
» estoit morte sans auoir faict sa pénitence.
» Or, comme les frères lauoient le corps, recog-
» noissant qu'elle estoit femme, furent bien
» estonnez et confessèrent auoir offensé contre
» la seruante de Dieu, et par ordonnance de
» l'abbé après que auecques larmes, il luy eut
» demandé pardon pour luy et ses frères, de ce
» que, par ignorance, ils l'auoient affligée à tort,

» elle fut inhumée honorablement dans le mo-
» nastère, où se firent plusieurs miracles à son
» intercession, et même celle qui l'auoit diffa-
» mée, estant possédée du diable, après qu'on
» l'eut emmenée à son sépulchre et qu'elle eut
» confessée sa faulte, sept iours après, par les
» mérites de saincte Marine, elle fut déliurée.

» L'an de Nostre Seigneur 1113, aux ca-
» lendes de septembre, du temps de Iacques
» de Réopoli, duc de Venise, ladicte saincte
» vierge ayant esté iusques alors incognuë en
» ces pays d'occident, comme auoit esté, au
» semblable, la glorieuse vierge martyre de
» Thrace ou Romaigne, en l'église parrochiale
» de Saincte-Marine, à Venise, par un nommé
» Iacques de Bora, parroicien dudict lieu, et
» honorablement posé en ladicte église. La vie
» de ladicte saincte se trouue au catalogue des
» Saincts, composé par Petrus de Natalibus,
» *lib.* vi, *cap.* 108.— L'image de ceste vierge

» est représentée en la forme d'vn religieux
» estant assis, lequel tient vn enfant emmail-
» lotté entre ses bras, pour signifier l'histoire
» cy-dessus mentionnée. »

Voilà la légende.

Une lettre épiscopale, — *Actum anno Domini*
1228, — consacra en la cité de Paris, près de
Saint-Christophe, une chapelle au nom de
Sainte-Marine; et par une allusion, un peu
forcée peut-être, au péché dont la sainte avait
été faussement accusée, le culte de cette église
fut destiné aux mariages *entre hommes et fem-*
mes ayant forfait à l'honneur; l'un et l'autre
devant être amenés par des sergens, — au cas
qu'ils n'y veulent venir de leur bonne vo-
lonté.

Fra-Jéronimo avait pris son parti, comme le
prennent les gens animés par de méchans instincts, sans s'embarrasser du *qu'en dira-t-on?*
sans s'arrêter à apprécier la mesure voulue,

même dans un acte de vengeance, sans consulter les termes de la lettre apostolique qui décrétait son église.

Timoléon de la Bourcadière et Maguelone avaient été amenés par leurs ravisseurs dans une petite maison appuyée sur la chapelle Sainte-Marine ; — c'était le presbytère, inscrit au petit pastoral de Notre-Dame de Paris, fol. 116, p. 1re, comme coûtant annuellement douze deniers au chapitre.

Au premier étage de cette maison, était pratiquée une porte basse et ferrée, communiquant à un escalier à vis, enfermé dans une cage grossièrement maçonnée, et qui aboutissait dans l'église. A la gauche du maître-autel, se trouvait, au-dessous d'une grande niche, une autre porte à guichet, derrière laquelle six grosses marches, mal ajustées, conduisant à une petite galerie souterraine qui commandait plusieurs caveaux.

C'est dans ces sombres retraits qu'avaient été enfermés séparément le page de Guise et la fiancée d'Anastase.

Le lendemain de ce dimanche, rempli par tant d'incidens, il y avait grand émoi dans plusieurs endroits de Paris.

Le vieux capitaine de la garde écossaise, averti, par le chevaucheur d'écurie, de la disparition de son fils, avait aussitôt quitté son manoir, et, après avoir porté plainte devant la prévôté de la ville, il excitait, par ses lamentations, l'intérêt du prince lorrain.

Jean Gabiou, par sollicitude pour son maître, et pressé aussi par le désir de voir sa fille, le lundi, de grand matin, était arrivé rue Bordet; ses pleurs, ses cris, son désespoir, avertirent bientôt tout le quartier qu'il était le père de la jeune fille enlevée, la veille, en la maison de Gudule.

Anastase et Ramus avaient passé la nuit dans

une inexprimable agitation, parce que Crocoëzon
ne revenait pas. Au lever du jour, le drapier
Beauchêne s'était réuni à eux, et consolait deux
douleurs amères : celle de son enfant, celle de
Ramus. L'amour est égoïste ; l'écolier pleurait sa
Maguelone ; Ramus pleurait son benjamin, son
Baptiste Crocoëzon, car il savait bien que l'é-
nergique jeune homme, en quête pour son ami,
ne resterait pas en vain en plein air et les bras
libres.

De leur côté, tous les colléges, ayant appris,
— heure de la classe,— par les martinets, que,
dès la veille, Crocoëzon avait quitté, sous un
travestissement, le collége de Presle, et n'y était
point encore rentré, d'immenses préparatifs
furent faits spontanément pour une révolte et
un combat.

L'émotion des écoles fut si visible, et prit
un caractère tellement significatif, que le recteur de l'université se hâta de convoquer la fa-

culté dans l'église (1) de *Saint-Julien-le-Pau-vre;* — c'était avant dix heures. — Là, furent rédigées des lettres de menaces, pour être envoyées, si l'urgence se déclarait, dans les colléges insurgés.

A l'insu de la prudente faculté, toutes les vigies étaient à leur poste, les regards attachés sur la sonnerie qui dominait le toit de la maison de Gudule, et chaque vigie tenant en main sa clochette d'alarme.

Cette maison de la veuve d'Honoréus attirait elle-même les clameurs d'un nombreux populaire. Gudule n'avait point paru de la matinée; on l'appelait, elle ne répondait pas; on frappait à sa porte, et elle n'ouvrait pas; et le bruit de mille imprécations pénétrait dans cette demeure silencieuse et fermée, où il ne se trouvait

(1) SAUVAL.
CREVIER.—*Histoire de l'Université.*

d'autre habitant que le cadavre d'une vieille femme.

On concevra ces imprécations; Jean Gabiou était couché sur la marche, en travers de la porte, et, frappant avec sa tête et ses poings, criait avec sanglots :

« Rendez-moi ma fille!.... ma Maguelone, rendez-la-moi ! »

Les sergens de l'abbaye de Sainte-Geneviève, dûment renseignés, surveillaient sans mot dire cet attroupement qui s'adressait à une dépendance de l'abbaye rivale de Saint-Germain-des-Prés; et la chambre apostolique, de la première de ces abbayes, réunie en ce même moment pour délibérer sur la violation de son territoire et de ses franchises judiciaires par Valbomel, se résignait entendre les clameurs d'une cohue, pourvu que mal pût en advenir pour l'insolent abbé.

Lui, poursuivait son œuvre : la cour du bailliage de Saint-Germain-des-Prés, à l'instant où sonnaient onze heures, prononçait un arrêt de mariage :

« Entre Timoléon de la Bourcadière, page de l'illustrissime François de Guise, fils unique d'un baron, et une Maguelone, fille de corps de l'abbaye, née d'un certain Jean Gabiou, corvéable, audacieusement soustrait au service de l'abbé Valbomel, dont il relève par droit de vasselage ;

» Les deux époux, appréhendés par la justice abbatiale, au moment où ils se livraient à l'acte d'impureté, dans un logis dépendance de ladite abbaye ;

» Et, pour ce, condamnés par justice du bailliage de Saint-Germain-des-Prés, à faire amende-honorable aux bonnes mœurs, en contractant union religieuse et nuptiale devant le maître-autel de Sainte-Marine, à la diligence et sous l'invocation du curé de cette chapelle

» Déclarant les enfans à naître de ce mariage,

tributaires, envers l'abbaye de Saint-Germain,
d'une somme annuelle de vingt doubles parisis,
jusqu'à la troisième génération d'iceux, comme
droit de rachat de ladite Maguelone, leur mère
et aïeule. »

Deux diacres, escortés par des exempts, portèrent à Sainte-Marine cet arrêt inoui, ayant
mission d'en protéger l'exécution; et Fra-Jéronimo, naguère pauvre cordelier, maintenant
curé, portant l'étole et la riche chasuble, allait
monter les trois degrés de son autel, tandis que,
devant deux tabourets en bois, étaient mainte-
nus par violence, côte à côte et agenouillés, Timoléon de la Bourcadière et Maguelone.

Ces deux jeunes gens ignoraient le sort qui
les attendait, le but de cette cérémonie qui se
préparait, sous le poids d'une consternation,
aggravée par vingt-quatre heures passées dans les
larmes, le jeûne et l'horreur d'un cachot, ils se
regardaient, effrayés l'un de l'autre, ils regar-

daient ceux qui les tenaient, le lieu où ils se trouvaient ; ne comprenant pas ; près de crier, et croyant à un vertige.

Derrière eux, il y avait foule ; à quelques pas d'eux, sur les côtés du maître-autel, se tenaient trois religieuses filles de l'Ave-Maria, la face couverte par un épais et long voile noir tombant jusqu'à terre.

Le curé de Sainte-Marine se tourna vers l'assistance, pour commencer les prières du mariage.

Maguelone et Timoléon, arrachés à leur léthargique stupeur par la subite compréhension de leur mutuel danger, et par l'aspect de la tête du prêtre, s'écrièrent ensemble :

« Le moine ! »

Fra-Jéronimo sourit méchamment, et, le honteux anneau de paille à la main, lut la formule du jugement de la cour du bailliage de Saint-Germain-des-Prés.

Maguelone s'évanouit.

« Noël! — s'écria le page avec une indéfinissable exaspération; — Noël!... je bénis la jugerie de Valbomel, abbé; mon sang est noble, mais cette fille est belle!..... que je veille une nuit dans ses bras et que mon père te poignarde, infâme cordelier!... je serai content!... Mariez-moi!... je l'aime, cette folle fille!.. »

Les trois religieuses s'étaient approchées de Maguelone au moment où elle avait perdu connaissance; et, aux dernières paroles prononcées par Timoléon, Maguelone revint à elle en poussant un cri déchirant : c'est que l'une des religieuses venait de lui froisser, convulsivement et traîtreusement, les chairs du bras.

La foule commençait à s'émouvoir, car ces sortes de mariages, ordinairement consacrés entre prostitués, étaient presque toujours l'occasion d'une joie effrontée et impudique; et cet appareil de violence, ces cris, cette terreur, l'étrange discours du *marié*, révélaient à l'assistance quelque attentat où l'église se trouvait, encore une fois, complice d'une vengeance puissante.

« Cependant le nouveau curé de Sainte-Marine est un saint homme, — disait, sous le porche, une vieille femme, pensionnaire de l'Hôtel-Dieu; — on raconte qu'il a été vu, marchant pieds nus et chantant les psaumes, au milieu d'un grand incendie, et qu'il en est sorti sans avoir une cloche sur sa chair, ni un charbon sur sa robe.

— Dans tous les cas, dit le sonneur de Saint-Pierre-aux-Bœufs, il n'a pas la vertu de faire des mariages entre gens de bonne volonté! La folle fille est en pamoison, le galant ouvre des yeux d'escarboucle et maudit le bon Dieu; les sergens se démanchent les bras à le retenir près de sa fiancée... Je suis certain que ce grand curé s'est largement fait payer sa messe...

— Que se passe-t-il donc là? — demanda un nouveau venu.

— Ah! c'est vous, jeune Clerc!... avez-vous trouvé le sire Castelneau, que vous cherchiez tout-à-l'heure aux environs de notre église?... vous avez affaire à un brave et digne gentil-homme!...

— Je vous demande ce qui se passe dans cette chapelle? vieux bavard!

— Tout beau, Messire! vous n'avez point encore la tonsure!.... Ce qui se fait ici? c'est un mariage entre une ribaude et un gentil-homme... »

Celui qui venait d'interroger le sonneur se fraya rudement un chemin au travers de l'assis-tance; et au milieu des criailleries suscitées par son brusque passage, il arriva près de l'autel...

« Maguelone!... la fiancée d'Anastase!... »

La pauvre jeune fille, torturée, aveuglée par les pleurs, entendit ce cri, reconnut cette voix, et y répondit en étendant ses mains vers celui qui arrivait.

Fra-Jéronimo qui avait continué l'oraison du mariage, tenait l'anneau de paille et s'approchait de Maguelone, lorsqu'une voix éclatante lui cria :

« Tais-toi, Moine! tu mens!... sous ta chasuble il y a un sale cordelier... devant cet autel, un muguet imbécille et une belle et pieuse fille... Les chanoines séculiers de Sainte-Geneviève, se disputant un drap d'or, donnèrent un soufflet au roi Louis VII; (1) je te dispute cette belle et pure Maguelone, et je te châtie comme le fut Louis VII... »

Un soufflet, à briser les mâchoires, tomba sur la joue du curé de Sainte-Marine et le chassa de côté... trois sergens furent renversés

(1) SAUVAL.

Antiquités de Paris.

sur le page de Guise, et la foule, aux ordres de tous les actes héroïques, criait *vivat!*...

Mais ce jeune diacre, qui allait saisir et enlever Maguelone, suspendit tout-à-coup ses mouvemens devant une éblouissante figure de religieuse, subitement dévoilée, et recula sous la seule influence de ces mots, prononcés avec autant d'effroi que de colère :

« Arrière!... je suis la reine! »

Les sergens reprenaient équilibre ; ils se ruèrent sur le diacre ; lui, fit étinceler une lame, abattit un sergent, et la terreur, inspirée par ce meurtre audacieux, lui fit faire place.

Avant qu'on se trouvât en mesure de l'arrêter, il était loin de l'église ; il courait à toutes jambes vers la place Sainte-Geneviève.

LA GRANDE LEVRIÈRE.

XVIII

« Gudule!... Gudule!... » criait la cohue amassée devant la maison de Saint-Julien-le-Pauvre.

La porte de cette maison vint à gémir sous

l'effort d'un madrier poussé comme un bélier; elle craqua, s'ouvrit au second coup, et tomba....

Avant que l'on se fût rendu compte, la cloche du toit battit l'air à grande volée, et une sonnerie, partie de quatre-vingts points différens du quartier, fit écho.

La foule qui stationnait sur la place, étourdie par ce carillon, cependant n'osa rire, car un long cri, le cri d'une armée, retentit au même instant.

Les barrières des *quarante-six* colléges de l'université étaient brisées et franchies. Les écoliers se faisaient soldats, et se portaient vers les différens dépôts d'armes qu'avaient préparés les *martinets*.

Selon le terme du GUET : *la grande levrière était lâchée;* la mutinerie allait faire tapage dans Paris.

Baptiste Crocoëzon, descendant des combles

de la maison de Gudule, lança le cri de *guerre!*
sur la place, et courut du côté de la maison de
M. Ramus.

« *Vivat!* pour Crocoëzon! — cria tout le
collége de Presle, en apercevant son chef de
révolte.

— Baptiste!.... Baptiste! — cria Anastase
Beauchêne avec désespoir, ne voyant pas Maguelone.

— Mon enfant!... qu'as-tu fait!... mon Baptiste, quelle torche rouge viens-tu d'allumer?
— cria Pierre Laramée avec épouvante, et en
pressant dans ses bras l'élève chéri qu'il n'osait
gronder, parce que, secrètement, il était son
complice.

— Maître! — répondit Baptiste, avec un
accent qui lui était nouveau, — ce n'est le temps
des longs discours ni des doux propos... Pauvre Anastase! reine de France, abbés, fils de
baron et sergens, se sont ligués contre ta Ma-

guelone... on la marie ! on met à son doigt *l'anneau de paille !*...

— Est-ce vérité ! — cria le fils du drapier, d'une voix furieuse.

— Je te dis que, pour célébrer les honteuses noces de ta Maguelone, il faut du sang et du feu ! — répondit Crocoëzon.

— Et ce feu, nous l'allumerons ! et ce sang nous le verserons !...

— J'ai commencé, je vais finir !

— Mais Maguelone ? — reprit Anastase, s'attachant, en désespéré, aux bras de son ami.

— Maguelone !... j'ai oublié de la tuer, pour l'empêcher d'être souillée.... Nous allons brûler Sainte-Marine, l'abbaye de Saint-Germain, et le manoir de la Bourcadière.... le feu purifiera Maguelone !

— Le feu pour Maguelone ! — s'écria Anastase avec horreur.

— Et le bourreau pour toi, cher enfant ! si

tu réalises une seule de tes menaces! » s'écria Ramus.

Crocoëzon l'avait dit : ce n'était plus le temps de discourir. Il s'échappa brusquemeut des bras de son ami, ressortit du collége en criant :

« Le feu! le feu sur l'abbaye de Saint-Germain! » Et il se dirigea vers le point où grondait le tonnerre de la révolte.

Les détails sur cette terrible mutinerie ont été donnés par les chroniques et répétés par l'histoire : si des variantes ont existé, si des transpositions de dates ont pu être signalées, toujours est-il que le fait lui-même est resté dans toute sa gravité, pour ensanglanter une page des annales de l'université.

Je m'absteindrai donc de tout récit *homérique* qui ne serait que fictif; et, modifiant la formule du drame, afin de ne pas laisser supposer le roman, je me bornerai à indiquer la marche

que suivirent les écoles pendant cette malheu-
reuse journée.

Comme la mutinerie était préparée dès long-
temps, les rôles étaient en quelque sorte distri-
bués, et le premier effort de l'irruption devait
produire un résultat : en effet, la porte Bussy
fut enlevée, ainsi que celle Saint-Germain ; le
carrefour de la rue aux Vaches fut envahi ; de
ce côté les fossés de l'abbaye furent traversés
par des balles d'arquebuses, des pierres et des
brandons enflammés ; du côté des grosses tours
de l'ancienne porte du monastère, deux échelles
furent ajustées, mais sans succès ; quant à l'attaque que Crocoëzon voulut diriger sur Sainte-
Marine, elle échoua complètement. La scène
qui s'était passée dans cette chapelle avait donné
l'éveil ; Marie Stuart, en rentrant au Louvre,
avait fait avertir le cardinal de Lorraine ; la
porte du Petit-Pont, voisine du Petit-Châtelet,
était fermée ; le Petit-Pont était bien gardé.

Crocoëzon, désespéré, remonta le quartier de l'université, rabattit sur le quartier Saint-Germain, força l'enclos de l'abbaye, à l'endroit de la rue du Colombier, ruina le vignoble des Cent-Sept-Arpens, pénétra jusqu'au Pré-aux-Clercs ; et là, il fit brûler et démolir, jusque dans leurs fondations, la maison de *Jean Baillet*, commissaire du roi, et cinq autres maisons ; trois d'entr'elles habitées par *Martin Lamotte, Jacques Garnier* et *Pierre Marcel*, locataires de Valbomel, abbé, et attachés à la cour de justice de l'abbaye.

De l'autre côté de la rivière, des fenêtres du Louvre, on vit cet incendie, on entendit l'arquebusade, les cris de plus de huit mille écoliers, le mugissement des cloches d'alarmes ; et François de Guise, ne sachant que penser de cette insurrection, dont il ignorait le but et la cause, donna ordre aux différens capitaines d'armes d'aller avec leurs compagnies occuper en toute hâte le quartier Saint-Germain : le baron de la Bourcadière dut, avec la garde écossaise, prendre position sur la place Sainte-Geneviève, avec la consigne de faire des prisonniers.

De fausses nouvelles avaient été apportées à Catherine de Médicis et à François II. « Ce n'était plus une mutinerie des écoliers, mais une révolte des Parisiens ; il ne s'agissait pas seulement de l'abbaye et du Pré-aux-Clercs, mais, tout-à-l'heure, du parlement, du Louvre et du roi. »

La cour était consternée, et demandait le départ pour Saint-Germain. Marie Stuart, muette au milieu de ce désordre, ne confiait à personne la grave inconvenance qu'elle avait commise dans la matinée, et cherchait à s'expliquer, dans l'intime agitation de la peur, quel motif avait amené ce diacre furieux dans Sainte-Marine? quelle connexité il pourrait y avoir entre la messe de l'Anneau de Paille et la sédiion? Si le rapprochement était possible, elle levait s'en accuser; et elle tremblait que le cardinal de Lorraine ne lui demandât l'origine de l'avis qu'elle lui avait envoyé.

Il est juste de dire que les nouvellistes, porteurs d'alarmes, pouvaient eux-mêmes avoir été trompés par l'aspect des révoltés. Aux écoliers s'étaient réunis tous les mécontens qui n'attendaient que le moment; puis, cette masse de pauvres gens désœuvrés, que la civilisation de tous les temps appelle fièrement les rebuts de la société : comme si, dans une société bien constituée, il devait exister des rebuts ; comme si un gouvernement avait le droit de qualifier ainsi des êtres que son incurie ou sa criminelle indifférence a livrés aux mauvaises chances de la misère et de l'ignorance; comme si on avait le droit de se vanter d'avoir avancé la question sociale et politique, tant que la société rencontrera des yeux irrités par la souffrance qui la guette-

22..

ront au passage, et, par forme de compensation, insulteront à son calme et à son bien-être; tant que les gouvernemens verront errer, délabrés et avinés, faute de pain, des hommes en quête d'un bruit, d'un tumulte qui les sorte de leur inertie et de leur isolement, et les occupe dans un événement qui ne les intéresse pas, bien qu'il intéresse tout le monde.

Ces sortes de gens sont les instrumens de tous les coups de mains; c'est par eux que l'émeute se fait peuple et foule : la civilisation moderne, à titre de vérité incomplète, est un mensonge, puisque les rebuts du seizième siècle existent encore dans notre époque.

Valbomel, abbé, ne contribua pas peu à aggraver la terreur qui régnait au Louvre; voulant obtenir de prompts et efficaces secours, il s'était plu à représenter, dans un message, que la mutinerie sortait de dessous une question religieuse et politique, et que, dans tous ces cris de des-

ruction et de mort, il y en avait autant contre
a religion que contre les Guise.

Cette pensée prévalut dans le Louvre, et la
courtisanerie cédant à l'effroi, il n'y eut bientôt
qu'une voix contre les oncles de la reine. Catherine de Médicis, qui s'arrangeait d'eux tant
qu'elle croyait ne pouvoir s'en passer sans danger, accueillait avec empressement toutes les
circonstances qui compromettaient leur pouvoir,
et épiait l'effet de tous les orages lorsqu'ils venaient battre sur ces deux chênes, ombrage du
trône et fatiguant de leurs rameaux son dais
mal soutenu.

Dans cette orageuse matinée, la reine-mère
se montra fort effrayée, et s'oublia jusqu'à sti-
muler l'impuissance de son malheureux fils à
un acte de vouloir royal et absolu. Ses paroles
prirent un tel accent, et formulèrent si directe-
ment contre les princes lorrains, que François II, maladif enfant, se fit homme le temps

nécessaire pour commettre une grave imprudence et proférer un exécrable vœu. Il se re-
dressa sur lui-même, dit à Catherine de Médicis
d'une voix colère :

« Ne pleurez, ma mère, je vais y pourvoir; »
et sortit de l'appartement, marchant dans les
galeries d'un pas pressé et cherchant François
de Guise : il l'atteignit au moment où le lieutenant-général du royaume, distribuant ses
ordres avec le calme et la sagacité du vrai courage, commandait au baron de la Bourcadière
de s'en aller avec ses Écossais vers Sainte-Geneviève, où il ferait main-basse sur tous les passans
armés.

« Mon bel Oncle, — cria le roi, étant encor
à quatre pas de Guise, — ne vous pressez d'agir
et d'ordonner sans m'avoir consulté.

— Qu'est-ce, mon Maître et beau Neveu ? —
répliqua le prince en rougissant, car cette avanie publique et inattendue stupéfiait son orgueil

« — Je voudrais que vos commandemens vins-
sent de moi, — répondit le roi, peu d'aplomb
devant le maintien imposant et superbe du duc
de Guise. — Oui, je le voudrais.... car cette mutinerie me trouve ignorant de toute chose.... Je
vois les plus dévoués trembler et se presser
autour de ma personne.... Qu'ai-je fait?...
je ne sais ce que c'est.... mais j'entends dire
qu'on n'en veut qu'à vous.... Je voudrais bien
pourtant que vous fussiez hors d'ici, pour
voir si c'est à moi ou à vous à qui l'on en
veut! » (1)

Un homme moins habile que François de
Guise aurait cru le moment décisif et périlleux
pour sa faveur ; mais lui, mesurant au premier
coup-d'œil la hauteur de cette volonté, son origine et sa durée, ne craignit pas de faire le roi

---

(1) *Inventaire de l'Histoire de France.*

DE SERRES.

au moment même où le roi voulait faire le maître ; et se tournant à demi vers les capitaines
d'armes qui l'entouraient, il leur dit avec sa
voix impérieuse et sonore :

« Messieurs, vous avez bien entendu mes ordres.... que vos oreilles s'en souviennent et que
vos bras les exécutent.... Ce qui se passe de
l'autre côté de l'eau, ce n'est rien.... moins que
rien.... une bourrasque du menu populaire....
des grenouilles qui coassent après le soleil....
Mais puisque cela suffit pour faire peur aux enfans, un peu d'humanité, gens de guerre; mon-
trez vos cuirasses; refoulez les grenouilles dans
la Seine, et le populaire dans ses clapiers.... Les
quatre coups de quatre heures vont sonner à
Saint-Germain-l'Auxerrois, je veux que tout soit
fini dans deux heures.... — Et se rapprochant
du roi avec ce semblant d'humilité plus insul-
tant que l'orgueil lui-même : — Vous le voyez,
Sire, je ne fais que répéter ce que vous auriez

pu dire.... et lorsque ces braves gens auront abattu cette poussière mutine qui obscurcit l'air, il sera temps d'examiner si c'est à François de Guise que l'on en veut.... — Disant cela, il tordait sa moustache. — Ne vous troublez davantage, beau Neveu, — continua-t-il avec une feinte aménité; — allez rendre le calme à madame la reine-mère.... »

François II, reconnaissant que sa colère n'était qu'un dépit et son vouloir une impuissance, frappa ses mains avec angoisse, et s'écria avec une voix pleine de larmes :

« Mon Dieu! la santé!... donnez-moi la santé!... *Notre-Dame de Cléry, assistez-moi... Je vous promets, à vous, si vous me rendez la santé et me donnez la force, de tuer tous les hérétiques..... Je me voue à la tonsure, au cloître et à la mauvaise mort, si seulement j'épargne femmes, mères, sœurs, parens ou amis de gens soupçonnés d'hérésie!* (1)

— Le roi souffre! — dit le prince de Condé, que menaçait cette frénésie religieuse.

— A cheval, Messieurs! » cria le duc de Guise, rompant de sa propre autorité cette étrange entrevue, dont le triste roi de France sortait, non pas même en vassal, mais en enfant que l'on a grondé et qui pleure.

(1) L'historien de François II.
REGNER LAGRANGE. — 1 Vol. in-12. — 1561.

MOINE OU DIABLE.

XIX

L'apparition de Baptiste Crocoëzon, le soufflet dont il avait châtié le curé de Sainte-Marine,
la mort d'un sergent de l'abbaye de Saint-Germain, le houras de l'assistance, la fureur de
Timoléon de la Bourcadière, et les pleurs et les

cris de Maguelone, n'avaient pu que suspendre la déshonorante cérémonie de la messe de l'Anneau de Paille, car le parti en était pris; il fallait une grande avanie sur le nom de l'incendiaire de la maison Bâzin; il fallait une odieuse vengeance contre la fille du bûcheron. Fra-Jéronimo ajouta donc à l'abomination de son œuvre, en la continuant près du cadavre du sergent.

Le mariage fut célébré, sans que les partis eussent prononcé le *oui* sacramentel. A un signal que donna le curé de Sainte-Marine, les époux furent voilés, portés en croupe de cavaliers qui attendaient, et conduits, au galop des chevaux, tout d'une traite, au manoir même de la Bourcadière.

Là, devait commencer la vengeance privée de Fra-Jéronimo.

Le page de Guise, abasourdi par la grave étrangeté des événemens qui s'étaient succédé

depuis la veille, resta long-temps muet et cons-
terné. Lorsqu'il se reconnut libre dans le manoir de son père, en face de Maguelone, dont
l'inexprimable douleur n'avait plus ni cris, ni
larmes, ni mouvement; en face de Maguelone,
que les soldats de l'abbaye avaient déposée dans
le grand fauteuil du baron, ornement de la salle
d'honneur, et qui se trouvait assise, immobile,
anéantie, portant encore au doigt l'anneau de
paille, emblême de l'infamie; il rassembla rapidement ses idées éparpillées et fugitives; il rap-
pela sa raison, et après avoir prononcé menta-
lement, avec une intention pleine de rage, le
nom de Marie Stuart, il s'écria à pleine voix,
non pas joyeux, mais avec l'explosion d'un insensé lançant un cri d'adoption :

« Ma femme!...

— Où ? — fit Maguelone en bondissant sur
le fauteuil, comme si un fer rouge eût frappé
ses chairs.

— Ma femme !... — répéta Timoléon en s'approchant d'elle.

— Moi !.... moi, Messire !.... mensonge ou démence !... moi, votre femme !

— Je te dis, — s'écria le jeune homme, dont les artères recommençaient leur battement régulier, dont le sang reprenait sa vive et chaude circulation ; — je te dis qu'il y a eu mariage ce matin, entre la fille de bûcheron et le fils d'un baron ! La reine de France était présente à nos noces ! véritable fête de prince : des gardes, de la foule et du sang !... Maguelone, fille de Jean Gabiou ! l'affront est complet.... tu es ma femme ! Le pape, le duc de Guise et mon père sauront bien annuler cette hyménée.... mais enfin, à cette heure, tout ce jour, toute cette nuit qui va venir, et le jour de demain, peut-être, tu seras ma femme ! » Il ne s'arrêtait pas devant Maguelone ; il allait et venait, marchant vite dans cette chambre, parlant avec colère ;

et, au milieu de ce désordre, cherchant évidemment à s'arrêter à l'idée d'une honteuse compensation. Maguelone retrouvait aussi, malgré son désespoir, sa présence d'esprit, le sentiment de sa périlleuse position et de son inaltérable dignité. Elle suivait d'un regard persévérant tous les gestes du jeune homme; elle écoutait, d'une oreille vigilante, toutes ses paroles; elle épiait, tremblante, le moment de renier d'une façon expressive ce titre d'épouse, qui n'était encore qu'un affront et pouvait devenir une souillure.

« Ah! la reine Marie, que j'ai fait rougir et pleurer dans ce même appartement; elle, immodeste, et moi, soigneux de sa pureté; c'est ainsi qu'elle se venge!... la reine Marie barre l'écusson d'un baron avec la coignée d'un bûcheron!.. elle accouple le manteau violet du baron avec le camburon du soldat, la souquenille d'un corvéable!... La reine Marie se venge!... je me vengerai de la reine, en trouvant dans tes bras,

Maguelone, le bonheur qui me fut interdit près d'elle?... — Il s'approcha de la jeune fille, et la considéra attentivement. — Maguelone, que tu es jolie!... tu es bien plus belle que Marie d'Écosse!... ta frayeur devient une parure!... ton corps délicat, à demi renversé sur ce fauteuil, témoigne de la perfection de ta personne!... ton regard, malgré son effroi, promet encore un bonheur ineffable!... Ce premier amour, qui ne fut pour moi qu'une souffrance! ces premiers désirs, qui ne furent que les émotions d'un rêve fatiguant, vont enfin se reproduire dans une adorable réalité!...

— Arrière, Messire; arrière! — s'écria Maguelone en s'échappant des bras de Timoléon qui voulait la saisir. — Si vous êtes innocent de tout ceci, ne soyez du moins déloyal gentilhomme.... Vous l'avez dit : le pape, le duc de Guise et votre père annuleront cet horrible hyménée.... Merci à vous pour cette promesse gé-

néreuse !... Attendons l'un et l'autre, comme il
convient pour votre honneur et pour le mien ;
attendons l'heure de la justice.... Ils ont eu beau
faire, ces prêtres et ces sergens, je suis toujours
Maguelone, et vous êtes toujours le fils d'un
puissant baron.... »

Timoléon la dévorait du regard et la laissait
parler; la jeune fille invoquait, pour sa sûreté,
toutes les idées que devait inspirer sa virginale
candeur.

« Messire, — reprit-elle d'une voix insi-
nuante, — ne vous laissez aller à mauvaises
pensées, à force de honte ou de colère.... Ce
malheur qui nous frappe tous deux, je le vois
bien, n'est pas votre ouvrage.... il aura bientôt
son terme; le grand duc de Guise aime votre
père, monseigneur l'évêque de Paris intervien-
dra.... ne vous désespérez.... il n'y a pas mariage, je vous l'assure; la fille de Jean Gabiou
ne veut, ni ne peut y prétendre....

— Bien parlé, jeune fille! — interrompit le page avec un *geste* d'humeur; — mais l'harmonie de votre doux langage ne change rien à notre situation commune... nous sommes époux par arrêt de la cour judiciaire de l'abbaye de Saint-Germain-des-Prés.... époux à la faveur d'un guet-à-pens; puisque saviez si bien attendre, en un vilain bouge, les galans écoliers, vous ne ferez pas fi d'un gentilhomme dont, par aventure, vous portez le nom....

— Fi! Messire.... fi! d'insulter à tous deux avec d'aussi vilaines paroles!

— De sorte, Maguelone, — s'écria le jeune homme, — que tu t'imagines ne trouver dans tout ceci qu'un affront pour moi!... J'enchâsserai, s'il le faut, ton anneau de paille dans un cercle d'or, mais tu ne l'auras point porté en vain!... Vienne ensuite te chercher jusqu'ici l'écolier dont tu me menaçais hier!...

— Il viendra, Messire!.. il viendra!.. et mon

père avec lui !... mon père, entendez-vous ? qui
adore son enfant !... votre père aussi !... et le
drapier Beauchêne, qui m'a promise à son fils
Anastase... Anastase !.. il va venir, et Crocoëzon
avec lui !.. Crocoëzon, entendez-vous ? celui qui
frappa le moine, celui qui tua le sergent... Mon
Dieu ! n'avez-vous pas peur de ce qui peut arriver, si Maguelone n'apparaît pas devant Anastase le sourire sur les lèvres et la joie au front?...

— Peur ! folle fille !... peur de ces ignobles
frères de Saint-Côme, dont tu prétends faire un
cortége à ta vertu !... Petite Maguelone, il s'agit
de mariage et d'amour entre nous, je n'ai peur
que de l'oublier.... Fais en cette noble chambre
ta prière et tes adieux à la Vierge... je vais
pourvoir au souper des noces. »

Il sortit avec la réelle intention de s'assurer
une nuit sans surprise et sans trouble.

Mais pour la réussite de cette impudique fureur, trop de vengeances avaient les yeux ou-

verts et s'apprêtaient à étendre leurs bras sur le manoir de la Bourcadière.

Le curé de Sainte-Marine, escorté des malheureux frères cordeliers logés en l'unique et pauvre maison de la Ruelle-aux-Chiens, était déjà arrivé, un peu après le coucher du soleil, au *Carrefour-du-Bûcheron*; il stationnait sur la place même où avait existé la cabane de Maguelone, la chevrière; et, attendant que la nuit fût venue, il se disait dans un sombre recueillement :

« Non, je ne veux pas que cette belle Maguelone tombe en tes bras, mon gentilhomme !.. Ce matin, j'ai dit pour toi la messe; ce soir, j'apporte pour toi des flambeaux !... ce matin, j'ai souffert pour toi; cette nuit, tu vas souffrir à cause de moi !..... Maguelone ! ô charmante fille ! montre-toi au milieu des lueurs de l'incendie ! que ta suave figure m'apparaisse dans le chaos du désastre... je serai là pour t'en

arracher, t'envelopper et t'étreindre en mes
bras !... A l'heure où s'écroulera le castel de la
Bourcadière, Maguelone, je puiserai sur tes
lèvres rebelles des mots d'ivresse et d'a-
mour !.. »

Timoléon rentrait dans la chambre, où, depuis quelques heures, la fiancée d'Anastase n'a-
vait cessé de prier agenouillée, lorsque retentit
tout-à-coup dans la forêt, une puissante psalmodie. Le page allait convier Maguelone au
souper qu'il avait fait préparer; il s'élança vers
la fenêtre, l'ouvrit, et la psalmodie devint dis-
tincte, et dans cette chambre furent lancées,
par des voix vraiment funéraires, ces formida-
bles paroles du psaume :

*Nisi Dominus custioderit civitatem, frustrà
vigilat qui custodit eam.*

« Qu'est-ce ceci ? » s'écria le fils du baron.

Maguelone aussi prêta l'oreille.

Il y eut un silence : puis une seule voix arti-

cula lentement cette sévère sentence de l'É-
CRITURE :

*Vous détruirez les idoles de vos ennemis, —
et vous bouleverserez leur tombe.*

« Le moine ! s'écria la chevrière en se dressant.

— Quel moine ? » demanda le jeune homme,
étonné.

La psalmodie latine recommença.

Timoléon de la Bourcadière saisit un flambeau comme pour éclairer au loin, et, un pied
sur un siége, l'autre sur l'assise du balustre de
la croisée, le corps penché en dehors, il cria
de sa voix jeune, mais vibrante :

« Macandal ! Macandal !.. brave Écossais !...
où êtes-vous ?

— J'écoute ! noble fils de mon maître, — ré-
pondit-on de la cour.

— Macandal, veillez au pont-levis, et faites
arquebuser les chouettes qui viennent troubler
mon joyeux souper.

— Soit fait! » cria le serviteur.

Sur cette promesse, le page referma la fenêtre, déposa le flambeau, et d'un ton délibéré :

« Maguelone, soupons.

— Je vous dis que c'est le moine, — répliqua
la jeune fille toujours attentive.

— Moine ou diable! — s'écria le jeune homme,
outrant ses idées et ses sensations pour échapper à l'inquiétude mystérieuse qui courait sous
sa chair comme un filet d'eau glacée. — Chan-
tre de l'amour ou du cimetière! tu es la femme
de Timoléon.... buvons à l'anneau de paille...
ton corps est mon bien! le reste ne m'est rien!...

— Écoutez donc, Messire!... — cria Maguelone d'une voix perçante et frappant du pied...
et prête à laisser échapper un éclat de rire, ou
de démence ou de joie; — écoutez donc!... ce
n'est plus le moine!... ce n'est plus une psalmodie!.... n'entendez-vous pas? — Elle s'élança
vers la fenêtre, la rouvrit précipitamment,

tendit une main du côté de Timoléon, voulant
dire : faites silence!

— Entendez-vous, maintenant! reprit-elle
avec une incroyable assurance; c'est le vent
d'orage.... c'est le grondement du tonnerre....
Venez voir, Messire, il y a de grandes lueurs
dans la forêt!... la foudre est tombée par là!...
Vous n'entendez plus le chant d'église, n'est-il
pas vrai?... mais un grand tumulte d'ouragan!...
ne craignez! ne craignez! » Elle marcha, droite
comme une reine, calme comme une sainte,
vers ce page qui voulait la déshonorer, et,
exaltée à son tour, lui plaçant une main sur
l'épaule, elle continua :

« Ne craignez, Messire!... Maguelone sortira
pure de cette chambre et de ce manoir : Maguelone empêchera bien qu'il vous arrive aucun
mal... car vous ne vous y trompez plus, ce sont
les écoles!... c'est le bon Crocoëzon qui vient
chercher la fiancée d'Anastase!... »

C'était Crocoëzon.

L'aile droite de la vieille tour de l'abbaye de Saint-Germain-des-Prés était brûlée ; les maisons élevées sur le Pré-aux-Clercs étaient mises à sac et à jour ; une trentaine de soldats royaux ou sergens de l'abbaye étaient tués ; et après avoir signalé ainsi sa redoutable colère, Crocoëzon, sortant de Paris par la porte d'Enfer, qu'il avait enfoncée et brûlée, était venu, à marche forcée, s'abattre avec cinq cents écoliers d'élite, sur le terroir de Sceaux ; nuit complète, et Fra-Jéronimo commençant sa lugubre psalmodie, Crocoëzon s'enfonçait dans la forêt, s'avançait avec son armée sur le manoir de Bourcadière.

Les moines, virent tout-à-coup la forêt s'illuminer, un profond murmure retentit au loin ; prévoyant un péril, ils se dispersèrent dans l'ombre comme des oiseaux de nuit : Fra-Jéronimo resta seul dans les parages du manoir.

L'Écossais Macandal entra tout effrayé dans le salon, et demanda ce que signifiaient ces lueurs et ces cris.

« Tue! — s'écria Timoléon; — dix hommes sont bons pour défendre le pont-levis : c'est assez!... tue!... et ne crains rien.

— Le feu! le feu! » crièrent des voix dans l'intérieur du manoir.

LA SÉPARATION.

XX

Le mardi matin , à cinq heures , la vengeance
aveugle d'Anastase Beauchêne était satisfaite
par-delà ses désirs, peut-être.

Le vieil édifice qui avait recueilli saint Louis

et Louis XI, le manoir de la Bourcadière, la durée d'une nuit, servit de flambeau à la contrée, et lorsque le jour vint ternir l'éclat du feu, les combles du castel s'effondrèrent, la tour calcinée chancela, la recluserie, monument artistique de haute antiquité, éclata... Plus rien, où s'élevait la veille le modeste domaine d'un vieux serviteur de la monarchie... rien que des parois de murailles noircis et déjetés; rien que des monceaux de cendres et des morts.

Timoléon de la Bourcadière, les jambes entièrement consumées, le tronc tout sanglant et une large plaie au cou, était étendu sans vie non loin du pont-levis, et dans sa main gauche tenait encore un pan de robe de moine.

C'est que l'attaque du château une fois commencée, les chaînes du pont étant rompues, et le pont abattu, un moine s'était précipité, à la faveur d'un groupe d'écoliers, dans l'intérieur; il avait cherché la proie qu'il s'était promise;

l'avait trouvée gisante dans le salon où l'avait
enfermée le page ; il l'emportait, allait repasser
le pont-levis, mais Timoléon le suivait, l'attei-
gnait : une lutte, un combat sur des ruines, au
milieu des flammes... Maguelone s'était traînée
sur le pont, et Crocoëzon l'apercevait, poussait
un cri de joie en l'emportant dans ses bras, au
moment même où le page de Guise poussait un
cri de mort, parce que Fra-Jéronimo lui plon-
geait son poignard dans la gorge.

Je l'ai dit : le mardi, à cinq heures du matin, cet exécrable attentat était consommé ; les
incendiaires avaient disparu, protégés, dans
leur retraite, par la terreur des habitans des
campagnes, qui croyaient à une grande sédition
du peuple de Paris.

Baptiste Crocoëzon, voulant faire rentrer sa
troupe par le quartier Saint-Jacques, fit halte
en un lieu anciennement consacré aux duels, et
qui a pris le nom de *Mangsouri*, du nom d'un

meunier dont le moulin s'élevait sur la *tombe
d'Isoire*.

« Anastase, — dit-il d'une voix sombre à son
ami, — voici une Maguelone qui nous a donné
trop de peine à conquérir, pour être exposée in-
considérément à de nouveaux dangers. Je ne
veux pas que tu rentres avec nous. Traverse
cette longue plaine, marche jusqu'au soir s'il
le faut ; gagne les bords de la rivière de Seine ;
là, cherche un batel qui te porte de l'autre côté,
et sûrement, tu pourras revenir dans Paris par
la porte Saint-Honoré, comme un gai prome-
neur en compagnie de sa douce amie... Ton
père saura, dans la matinée, la prudente route
que je te fais prendre.

— Baptiste !... — fit le jeune Anastase d'une
voix indécise.

— Qu'est-ce ?

— J'ai peur de te quitter...

— Pourquoi ?

— Je ne sais... mais j'aimerais mieux ne pas me séparer de toi.

— Enfant!—répliqua l'énergique Crocoëzon, — pour l'amour de cette jeune fille, suis mon conseil... embrasse-moi toutefois... comme un bon frère!...

— Comme un sauveur, mon Baptiste!..... comme le sauveur de Maguelone! —s'écria Anastase en se précipitant dans les bras de son ami.

— Et vous, demoiselle Maguelone, à-la-fois veuve et fiancée... ne direz-vous point un mot à celui qui a brisé l'anneau de paille? »

Maguelone, que les écoliers avaient assise sur une mule achetée au village de Sceaux, n'avait plus de sensations pour son état présent; elle fléchissait sur elle-même; elle avait la pâleur de la mortalité, pleurait amèrement, et demandait tout bas à Dieu de la faire mourir avant qu'elle pût comprendre toute l'horreur des catastrophes de la nuit.

24..

« Messire, — dit-elle à Crocoëzon, en relevant sur lui un regard éteint par les larmes, — oui, je sais tout ce qu'a fait pour ma délivrance l'ami de mon fiancé... je rendrai témoignage devant les hommes, que ce n'est pas lui qui a tué le fils du baron de la Bourcadière... Messire, excusez-moi, je pleure... parce que, sans Maguelone, peut-être à cette heure seriez-vous tranquille et heureux, au lieu d'être, comme vous voilà, noirci par la fumée, rougi par du sang... et en un grand péril peut-être !... Ne froncez vos sourcils, Messire... Maguelone, à toujours est votre amie... Maguelone ne craint plus rien que pour vous... Et puis, vous vous mettrez en quête de Jean Gabiou dans cette matinée : lui direz, non pas tout, mais partie de ces grands malheurs... Baptiste, adieu à vous... Ce soir, appendue au bras de mon père, je vous remercierai avec un moins triste sourire... Adieu ! »

Et elle détourna sa mule, prenant à gauche dans la plaine, et laissant à sa droite le moulin de Mangsouri.

« Adieu, et à ce soir! cria Beauchêne à son ami.

— Adieu! — répondit Baptiste. — Et maintenant, — reprit-il avec une voix animée, — il nous faut, mes braves, rentrer dans le grand Paris, comme gens encore en état de continuer la guerre. Le quartier Saint-Jacques est à nous, la porte Saint-Jacques nous sera donc favorable... En avant! et vive M. Ramus! »

La traversée était longue, de ce point où avait lieu la séparation de Baptiste et d'Anastase, jusqu'à la rivière de Seine. Maguelone avait, en quarante-huit heures, subi tant de poignantes émotions, que la pauvre fille y perdant force et santé, la susceptibilité de ses organes s'était émoussée. Peu de jours avant, elle avait craint de se trouver sous le toit de Gudule, devant Crocoëzon et son amant; maintenant,

elle s'éloignait dans les solitudes de la plaine,
n'ayant en sa compagnie que cet amant, et ne
possédant pour sauve-garde que la conviction
du véritable amour qu'il ressentait pour elle :
mais elle n'examinait ni son isolement, ni cette
périlleuse protection; elle souffrait, elle était
dévorée par la fièvre; sa tête, appesantie et per-
sécutée par un monotone bourdonnement, par
des bruits vagues, semblables à des cris de fureur et de détresse, se balançait sur ses épaules,
comme dans les angoisses de l'inanition, ou le
disgracieux abandon produit par l'ivresse. Elle
se taisait : elle n'aurait pas pu parler; sa langue desséchée, était fixée au palais, et sa pau-
pière brûlante et engourdie ne se soulevait que
pour exprimer un état de réveil insensible et
inintelligent.

Anastase Beauchêne marchait devant; ha-
rassé lui-même, courbaturé par tous les gen-
res de fatigues; doutant de la réalité des actions

auxquelles il avait pris part et la veille et pendant la nuit ; tourmenté par une indéfinissable
inquiétude, il allait, servant de guide à sa bien-
aimée Maguelone, à la plus belle jeune fille que
pût créer fantastique pensée de poète ou de
peintre ; il allait comme un guide automate
qui n'aurait eu d'autre soin que celui de son
itinéraire.

C'est sous l'influence absorbante de cette condition maladive que les deux jeunes gens tra-
versèrent les territoires de Vanvres et d'Issy, et
s'arrêtèrent sur la rive de la Seine, non loin de
la cabine d'un pêcheur.

« Faisons halte, — dit Anastase d'une voix
éteinte.

— Aussi-bien, — répliqua Maguelone, — je
me meurs !

— Petite amie ! » s'écria le jeune homme,
ranimé par cette plaintive parole ; — il saisit sa
maîtresse dans ses bras, redevenus forts, l'enleva

de dessus la sellette de la mule et la porta ,
presque inanimée, au pied d'un buisson , sur
un tertre mousseux qui dominait la grève de la
rivière.

Anastase eut recours à l'assistance du pêcheur,
qui consentit à aller chercher des alimens dans
une maisonnette éloignée.

Cette halte fut longue : il était onze heures
lorsqu'elle commença ; à quatre heures de l'a-
près-midi, Maguelone, que l'épuisement avait
livrée au sommeil, se réveilla sous l'ombre
d'une toile, à voile, étendue par la sollicitude
de son amant et la complaisance du maître de la
cabine ; et, à deux pas de distance, Anastase
veillait sur son trésor.

La jeune fille étant reposée, sa physionomie
avait repris sa beauté suave et calme ; elle rougit en se reconnaissant au réveil, et, avec un
charmant sourire, dit à son gardien :

« Le rêve, à ce qu'il paraît, peut consoler

des peines réelles; j'ai rêvé, je me sens plus calme, je ne souffre plus ! » Elle se tut, remarquant un émerveillement d'amour dans les yeux du jeune homme. « Ne trouverons-nous pas un batelet ? — reprit-elle avec gravité.

— Oui vraiment; il est prêt. Le bon pêcheur attend, il va nous conduire; et, pour récompense, je lui donne notre mule. »

Lorsque les deux voyageurs débarquèrent de l'autre côté de la Seine :

« S'il est de prudence, dit Maguelone, de ne rentrer dans Paris que nuit venue, je voudrais bien, en l'église de l'abbaye de *Long-Champs*, où il se fait des miracles, faire un vœu commandé par les malheurs que j'ai vus et le danger que j'ai couru?

— Allons vers l'abbaye, — répondit Anastase.

— Et un peu avant l'heure du soir, — dit l'écolier, après que la fille de Gabiou eut terminé dans l'église sa dévote oraison, — je voudrais bien me trouver à vos côtés, Maguelone, sous le bel ombrage des jardins de Madrid.

— Allons vers Madrid, » fit la jeune fille confiante et docile.

L'ANNEAU D'OR.

XXI

Sur les ruines du château royal de *Vincestre*,
qui avait appartenu au duc de Berry, et qui fut
pillé et détruit l'an 1411, François Ier, en 1530,
avait fait élever un palais appelé *Madrid*, en

commémoration de celui où il avait passé le
temps de sa captivité chez les Espagnols.

Ce palais était somptueux, et avait pour sin-
gularité de contenir autant de fenêtres qu'il y a
de jours dans l'année. Mais ses jardins, enclavés
dans le bois de Boulogne, étaient vraiment
dessinés et meublés pour servir d'asile à un roi
romanesque et galant : il s'y trouvait des des-
centes souterraines adroitement ménagées, des
grottes profondes, embellies par des retraits voluptueux.

Maguelone, après d'horribles secousses, après
de grands effrois, avait dormi et avait prié. Le
repos rafraîchit le corps et vivifie la pensée;
la prière console des fâcheux souvenirs, affaiblit
les sensations douloureuses et invite à la con-
templation : vienne une situation douce, en
communauté avec un être aimé, l'esprit le plus
inculte s'assouplit et s'éclaire aux inspirations de
la mélancolie.

Maguelone, introduite dans l'enceinte royale, dit naïvement et toute extasiée :

« Comme tout est beau autour des rois!... le glorieux château!... le beau jardin!... et les bonnes senteurs qui emplissent l'air!... les oiseaux que j'entends me paraissent chanter bien mieux que ceux du parc de la Bourcadière... — Elle soupira, une larme roula sur sa joue.

— Maguelone, vois donc ces beaux coquillages qui tapissent cette grotte! — se hâte de dire Anastase.

— Je les vois, — répondit la jeune fille avec tristesse.

— Petite amie, ne sois point rêveuse... bien venus soient les chagrins que doivent suivre de grandes joies!... Ces chagrins, ils sont passés, et les joies étincellent déjà dans notre âme, comme l'étoile au ciel avant la nuit... Mais mon Dieu! jeune fille, quel caprice heureux de la nature épandit sur toute ta personne cette grâce de traits, de formes et de maintien ; cette instinctive noblesse d'idées que l'on ne croit rencontrer qu'avec la noblesse du sang ?... Maguelone, la chevrière, Maguelone fille d'un bûcheron, que je suis fier de t'aimer !...

— Dites bien bon, Messire, — interrompit Maguelone, secrètement heureuse aux murmures de ces blandices flatteuses.

— Bien fier ! je te le jure ! puisque la perle tombée des cieux, au milieu des ronces de la forêt... c'est moi qui la recueille !...

— Perle souillée, Messire...

— Souillée ! — s'écria l'écolier, comme si un aspic lui eût ouvert la chair ; — souillée ? — répéta-t-il sur un ton d'interrogation et de douleur.

— Souillé par l'affront d'un anneau de paille, » dit Maguelone avec un calme angélique.

Le jeune Beauchêne comprit bien que cet affront était le seul qu'elle eût pu recevoir.

« Cet anneau, reprit Maguelone, le voici,
— elle montra sa main; — je le garde à mon
doigt, car vous seul l'ôterez pour y placer l'anneau d'or... est-ce pas, Messire?

— Maguelone, jolie petite amie! — répliqua
Anastase en s'agenouillant devant sa maîtresse,
qui, oublieuse et abandonnée à cette douce
causerie, s'était assise sur un siége de mousse
à l'entrée de la grotte; — fille de Gabiou, mes
amours! j'ai là sur mon cœur, suspendu à une
fine chaînette, l'anneau de ma mère. Tu sais
si je chéris la mémoire de la candide Louise
Gémel!... eh bien! ma Maguelone, que l'anneau d'or pur, de la plus pure des femmes, re-
tourne à la fidélité et vertu dont il est l'em-
blème..... cet anneau de paille, je le brise!—Son
mouvement fut rapide; le signe de prostitution
disparut du doigt de la jeune fille, et l'anneau
de Louise Gémel y fut adroitement replacé. —
Même main, même cœur!—dit-il avec ivresse.

— Bien satisfaite de ce beau présent, — reprit Maguelone d'une voix un peu oppressée, et cherchant à se relever : — je voudrais à cette heure retourner vers Paris, Anastase? — s'écria-t-elle avec surprise et inquiétude; — la nuit est venue.... et mon père m'attend!...

— Ton père et le mien sont prévenus....

— Mais la nuit, Messire!... la nuit!...

— Crains-tu quelque chose?

— Eh! Dieu, si les portes de Paris sont fermées!

— Ne sortons pas d'ici, — se hasarda à répondre le jeune homme.

— Comment! — fit Maguelone.

— Le gardien du château est ami de mon père; tu l'as vu..... il nous a permis l'accès des jardins; il nous y a oubliés : restons!

— Pourquoi? — fit Maguelone.

— Pour nous dire, ange et amour, ce que ma dame la Vierge elle-même permet que l'on se dise heure sonnée pour l'hyménée. »

Toujours à genoux, il enlaçait mollement de ses bras le corps de la jeune fille, et la retenait assise.

Maguelone abandonna sa tête sur le front du jeune homme et pleura. Anastase n'y mettait certes pas la ruse de la criminelle séduction, et cependant il garda le silence et la laissa pleurer, comme s'il eût prévu que la situation la plus dangereuse pour une femme, aux prises avec la passion, c'est l'affaiblissement nerveux qui suit une crise de larmes, c'est le silence qui laisse écouter les battemens du cœur et le léger murmure des soupirs.

Mais ces pleurs renouvelaient l'ébranlement de toutes les fibres qu'avaient secouées si rudement le désespoir et la peur; Maguelone, sans chercher une exaltation morale, se sentit tout-à-coup suffoquée par des spasmes; ses muscles devinrent douloureux, mille lumières éblouirent sa vue..... elle frissonna et tomba renversée sur le banc de mousse, torturée par une convulsion.

A ce déchirant spectacle, Anastase Beauchêne poussa un grand cri. L'obscurité était venue; que faire? seul! sans autre conseil que l'effroi et l'amour. La pauvre enfant se débattait, elle étouffait, elle étranglait; aux sourds gémissemens de sa poitrine, l'écolier le comprit; il saisit son poignard, et avec le tranchant de la lame ouvrit le corset, coupa les lacets.... trancha les brides qui retenaient au cou la gorgerette; enfin, il facilita le jeu des poumons et la circulation du sang.

Salutaire précaution. La brise de la nuit, caressa de son souffle raréfiant les chairs mises à nu de Maguelone; elle respira plus librement, le sang reprit son cours, ses muscles se détendirent : elle se calma; mais une prostration absolue la retint comme endormie. Anastase ne pouvait la supposer morte, et le tendre jeune

homme, troublé par une voluptueuse sollicitude, interrogeait la vie avec l'instinct de
l'amour; ses lèvres cherchaient à rappeler la
chaleur sur les lèvres et sur le sein de sa maîtresse; ses bras enveloppaient et étreignaient ce
corps assoupli et sans résistance....

Le hasard a plus vaincu de femmes que la
préméditation. Ce plaisir suprême, que l'attachement le plus opiniâtre n'obtient pas toujours
après des années d'espérances et d'alarmes;
mille fois une disposition instantanée de l'âme
et du corps, un parfum de l'air, un retrait dans
une solitude, un souffle de la brise, un mot, un
regard, une hardiesse à propos, l'ont obtenu
aussi vrai, aussi complet que si le consentement
mutuel eût été préparé par la volonté.

Maguelone se réveilla un instant, mais déjà
elle ne s'appartenait plus; et lorsque sa raison
voulut rappeler sa pudeur prise au dépourvu,
sa raison se déconcerta et fléchit au bruit flat-

teur d'une harmonie qui disait à son oreille :

« Ma Maguelone, ma femme !.. tu es parfaitement belle !.. tu ne saurais plus désormais parler, respirer et agir ; tu ne saurais vivre sans que tes sensations ne se révélassent à moi par un souvenir !.... Petite amie, ma Maguelone !.... c'est moi, c'est Anastase !...

— Rendez-moi l'anneau de paille ? — dit Maguelone après un long silence et à voix bien basse.

— Il faudrait me demander l'anneau d'or, si déjà tu ne le possédais, ma douce amie !

— Hélas ! — fit Maguelone avec contrition, — la nuit qui m'a trahie me protége maintenant... mais le jour revenu, ma honte dira bientôt ma faute !

— Dis plutôt qu'il embellira ta beauté rendue plus touchante !.. dis qu'il me montrera tes traits, dont je ne puis que deviner à cette heure nocture l'enchanteresse expression.

— Anastase ! — reprit Maguelone, dominée par cette activité dévorante et mystérieuse qui livre la vertu même aux désirs ; — mon doux ami ! autant j'ai souffert, autant je me crois heureuse.... »

Et comme l'écolier avait porté la jeune fille dans les profondeurs de la grotte, l'un et l'autre y furent surpris, au matin, par un rayon du soleil.

« Le jour ! » s'écria Maguelone, en rajustant, toute rouge de confusion, ses lacets, son corsage et sa gorgerette.

Les deux amans étant retournés faire une prière en l'église de l'abbaye de Long-Champs, la matinée était fort avancée lorsque, rentrés dans Paris, ils arrivèrent par la porte Saint-Honoré dans les environs du Louvre. Le populaire leur parut agité et affairé : il y avait peu d'allans et de venans ; tous les passans se dirigeaient du côté de la rivière.

« Messire, demanda Anastase à un bourgeois, est-ce que de l'autre côté de la Seine il se ferait une fête ou une mutinerie ?

— La mutinerie est mise à terme, la fête va commencer, beau berger d'une bien jolie bergère.

— Et quelle fête, honnête bourgeois ?

— Le parlement en règle le mode et les singularités; depuis onze heures de la nuit, il est assemblé pour cet objet. »

La physionomie malicieuse du bourgeois révélait que son discours empruntait le style figuré : l'ami de Crocoëzon s'en alarma.

« Messire, un mot encore?...

— Deux, qui me feront regarder plus longtemps ce charmant minois, pourpré comme la plus pourprée des roses de mon jardin.

— Mais encore, Messire, ne s'agit-il que d'une fête ?

— On l'espère... et il est vrai de dire que le saint n'aura pas volé les cierges !...

— Est-ce que le cardinal de Lorraine se fait honnête homme ? — demanda Anastase, impatienté.

— Non ! mais un Crocoëzon, écolier, se fait martyr, » répliqua le bourgeois, en s'éloignant rapidement, car, intimidé par cette factieuse question, il craignait d'être compromis.

« Crocoëzon ! — crièrent les deux amans avec effroi.

— Et vite et vite ! — reprit Beauchêne en entraînant sa maîtresse, — courons en la maison des Cerneaux ! mon père nous attend, et Crocoëzon m'appelle. »

LA CHARTRE BASSE.

XXII

Après avoir dépassé la porte Saint-Jacques,
Baptiste Crocoëzon avait congédié une partie
de son monde ; et, retournant au collége, il
n'avait plus qu'une cinquantaine d'écoliers auprès
de lui, lorsqu'il arriva sur la place Sainte-Gene-

viève. Le baron de la Bourcadière, qui y stationnait depuis la veille, complètement ignorant
de son malheur personnel et des désastres de la
nuit, avait renvoyé au Louvre sa compagnie,
jugeant l'insurrection terminée, et il faisait une
ronde, escorté seulement par douze cavaliers,
au moment où déboucha de la rue des Grès le
groupe en tête duquel marchait fièrement le
disciple de Ramus.

Le vieux compagnon de François Ier piqua
son cheval et arriva au trot devant les écoliers,
en leur criant, l'épée haute :

« Bas les arquebuses, mes lurons!... à genoux, incendiaires. »

Crocoëzon était né pour la guerre.

« *Muerto el cavallo perdido l'hombre d'ar-
mas!* — cria-t-il à ses compagnons, qu'il savait
assez lettrés pour comprendre sa devise espa-
gnole.

— A genoux! — répéta le baron.

— A pied! » répondit Crocoëzon, en plongeant sa large épée dans le poitrail du cheval, qui s'accula sur ses jarrets de derrière, fléchit et renversa son homme.

Il y eut une mêlée. Deux écoliers et trois Écossais y furent tués; Baptiste Crocoëzon y fut fait prisonnier.

La nouvelle de cette prise arriva bientôt aux deux Guise. Le cardinal de Lorraine fit dire au parlement assemblé, que le chef de la mutinerie étant arrêté, il allait le lui envoyer pour être jugé sans désemparer; la procédure ne saurait être longue, puisqu'il n'y avait qu'une identité à établir.

C'est au Petit-Châtelet que fut conduit l'écolier de Presle.

« Ah! ah! maître Claude, dit-il gaîment en se courbant sous la porte basse du guichet, — nous voici sous le même toit!... tous deux francs Picards, nous deviserons de notre beau pays.... Maître Claude *Beutrier*, comme vous êtes un homme brave, point menteur, point perfide, point tracassier, et, par-dessus tout, homme d'un esprit brillant et élevé, ainsi que l'avez prouvé en maintes occasions, je veux vous rendre un service !...

— Passez ! passez ! — répondait le chef des guichetiers, en se retirant derrière les archers qui conduisaient le prisonnier.

— Toujours prudent !— dit Baptiste, qui remarqua cette précaution peureuse. — Maître Claude, je vous l'affirme, je veux vous rendre un service.

— Lequel ? — demanda le geôlier, par forme de complaisance.

— La jambe droite de saint *Just*, martyr, et le pouce de saint *Germer* (1) sont déposés sous vitrerie en l'église Saint-Pierre, cathédrale de

(1) André Duchesnes. — *Antiquités de France.*

Beauvais ; mais cette jambe et ce pouce se font vieux ; je vous promets, honnête Beutrier, de faire mettre en leur place votre jambe droite et votre pouce gauche, aussitôt que votre âme sera descendue en purgatoire.

— Qu'on le conduise dans la *chartre basse*, » dit le reconnaissant et généreux geôlier.

Cette chartre basse (1) était creusée à trente pieds au-dessous du sol, en forme de rotonde : le milieu de sa voûte ressortait en cône, dont la pointe massive supportait une lampe en fer,

---

(1) Cet horrible cachot fut illustré plus tard, au mois d'avril 1602, par la captivité d'un jeune seigneur, Guy-Eder, baron de Fontenelle, roué vif en Grève, par arrêt du parlement, comme complice du maréchal de Biron. Il était innocent de ce crime, et cette exécution doit être reprochée par l'histoire à Henri IV, qui fut parjure à sa parole.

— *Voir* LA LIGUE EN BASSE-BRETAGNE, par l'auteur de cet ouvrage ; — 3 vol. in-12.

que les guichetiers tenaient allumée dans le seul espoir de troubler le sommeil du prisonnier, et pour ajouter, par la fumée infecte qui s'en échappait, à l'odeur méphitique qui régnait dans ce caveau. Le mur, de plusieurs pieds d'épaisseur, était percé en spirale, mais dans une proportion insuffisante pour apporter l'air et le jour. Point de plancher, point de pavé; la terre seule, et la terre de cimetière; car, afin d'ajouter à l'horreur de ce lieu, les prisonniers qui y avaient succombé, y avaient aussi trouvé leur fosse, et les miasmes putrides traversaient sans obstacle une terre travaillée par la bêche et les reptiles cadavéreux.

Baptiste Crocoëzon resta jusqu'au soir dans ce cachot. Nuit venue, à l'heure même où l'heureux Anastase poussait un cri de triomphe et d'amour dans les bras de Maguelone, le dévoué Baptiste était conduit, chargé de fers, devant le parlement.

Valbomel, abbé, Fra-Jéronimo, curé de
Sainte-Marine, étaient appelés en témoignage;
le cardinal et François de Guise étaient présens
et assis sur des siéges d'honneur : *Bourdin*,
procureur-général, soutenait l'accusation.

Cette séance judiciaire fut rendue piquante
par le caractère intrépide de Crocoëzon, et par
l'esprit de saillie qui ne le quitta pas.

« Je remercie, Monseigneur le garde-des-
sceaux, dit-il d'une fois ferme et moqueuse,
de m'avoir amené devant le grand parlement
de Paris, dont feu le roi Henri respecta si bien
les priviléges, certain jour de *mercuriale*; je
connais pires juges encore que les juges de *Du-*
bourg... c'est *la cour d'église*, véritable fausse
porte de justice, laquelle recherche par con-
nivence les voleurs, faux-monnayeurs, inces-
tueux et assassins..... (1) j'en demande pardon à

(1) REGNER DE LA PLANCHE.

26..

l'abbé de Saint-Germain-des-Prés... Les incon-
véniens qui se trouvent auprès de vous, Messieurs du parlement, n'atteignent du moins que
les procédures civiles... Vos greffes sont une
école à pillerie ; vos greffiers sont les écor-
cheurs du peuple, ils allongent le parchemin par
battologies , superfluités de grands traits de
plume, et ils sont auprès d'eux des petits clercs
rapaces et larrons... (1) Mais pour un pauvre
écolier, comme moi, tout cela n'est point à
craindre : mon procès, je le prévois, demandera
peu de corde et peu d'écritures.

» Voyons, de quoi s'agit-il ?... J'ai souffleté
ce moine impudique qui se dresse là-bas, caché
sous sa soutane noire? le moine mettait l'anneau
de paille au doigt d'une honnête fille qu'il
n'avait pu séduire.... J'ai attaqué à main armée
l'abbaye de Saint-Germain-des-Prés?... mais

(1) Regner de la Planche.

je n'ai pendu, ni noyé Valbomel, abbé, et il
en paraît satisfait à cette heure; si François de
Guise en est mécontent... — Ignorant Valbomel, faites études des reliquaires ; rappelez-
vous que l'an dernier, à la honte de votre église,
vous fîtes enchâsser des ongles d'ours, des os
de souris, des dents de taupes et des racines
que je vous fis porter comme les reliques de
saint Vincent et de saint Félix... (1) — Il y eut un
long rire dans l'assemblée. — J'ai fait place nette
sur le Pré-aux-Clercs?.. c'est que, par lettres de
Charlemagne, le Pré-aux-Clercs appartient aux
écoles... J'ai peu de révérence pour les grands
d'ici-bas ?... c'est que le temps n'est plus où les
Parisiens, énamourés de leur roi, déléguaient
deux bourgeois pour marcher à la guerre près
du frein de son cheval... (2) Voyez *Pierre du*

(1) DUBREUIL. —
            Antiquités de Paris.
(2) OLLIVIER DE LA MARCHE.

Châtel, prononçant à Orléans l'oraison funèbre
de François Ier... le digne diacre prodiguait
l'hyperbole et l'encens, et au moment où il dit :
« François Ier fut aussi *le père du peuple...* »
il tomba mort! Dieu le tua pour avoir menti...
J'ai fait hommage de cinq roses à des prisonniers du Châtelet?... mieux aurait valu que
j'eusse dû en porter trois cents, pour trois cents
que vous êtes encore ici, Messieurs...

» Et à vous, cardinal de Lorraine, qui portez pour devise un lierre enlaçant une pyramide,
symbolique pensée dont là France comprend
mieux chaque jour les conséquences; à vous,
prince lorrain, deux mots : j'ai fait votre
anagramme, et dans Charles de Lorraine, j'ai
trouvé *raclé à l'or de Henri...* (1) voilà pourquoi
vous êtes si riche!... Mais Dieu qui vous a permis une barrette, ne vous a pas donné son bras!..

(1) L'historien de François II.

vous rappelez-vous la rencontre en la Coulture-
Sainte-Catherine?

— C'est lui! » s'écria le cardinal en bondissant sur son siége.

L'assemblée venait de rire ; elle chercha à
comprendre le sens de ces dernières paroles.

« C'est moi! — dit vivement Crocoëzon, —
qui ai saisi l'occasion de venger les bonnes
mœurs offensées par un prince de l'église, et la
France opprimée par un Lorrain.

— Faquin! — cria François de Guise, en
frappant le parquet avec le fourreau d'acier de
son épée.

— Je vous l'ai déjà dit, duc de Guise, *Dieu
fait parler les petits, quand les grands se taisent*..... Vos oreilles seront-elles plus délicates
que ne le furent celles de Louis XII aux prêches
de Pierre Maillard?... C'est moi qui me livre à
vous, mes seigneurs, sans prière et sans recul...
c'est moi qui crie à la France : « Malheur à toi,

» ô terre! quand ton roi est jeune et quand tes
» gouverneurs mangent dès le matin... » (1)
J'ai dit : c'est jour de mercurial aujourd'hui ;
faites-moi pendre! » et il se rassit.

C'est ainsi que Baptiste Crocoëzon, jugeant
toute défense inutile, dispensa le procureur-général de vains frais d'éloquence et se voua aux
bourreaux.

Il y avait trop de vengeances à satisfaire,
pour qu'il y eût hésitation, et quant à l'appli-
cation de la peine, Bourdin, le procureur-général, invoqua la loi de *Caïus*. (2)

(1) De Serres. —
Inventaire de l'Histoire de France.

(2) Caïus, ff., *de Incendio* :
Qui œdes acervum ve frumenti juxta domum positum
combusserit, vinctus, verberatus, igni necari jubetur.

Et *lib.* 8, *Legum V Visigothorum, titulo* 2, *cap. I*:
Qui alienœ domui in civitate ignem supposuerit, correptus
à judice deputetur.

LA LOI DE CAÏUS.

XXIII

« Viens avec moi remplir un pieux devoir,
petite Maguelone, » disait Anastase Beauchêne,
pâle, défiguré, le visage trempé de larmes, et
cherchant à soutenir sa fiancée, lui, que soute-
naient son père et Jean Gabiou.

« Allons tous les quatre, — reprenait-il avec sanglots, — dire un adieu à l'ami qui meurt pour nous. » Il s'arrêtait suffoqué, et des cris inarticulés s'échappaient de sa poitrine.

Ces quatre personnages sortirent de la maison des Cerneaux ; la foule, qui suivait le même chemin qu'eux, leur adressait des mots amis, tout empreints de compassion.

« C'est le riche drapier Beauchêne, — disait un vieillard, ardent encore à se mêler aux cohues, soit pour le spectacle, soit pour la révolte ; — digne bourgeois ! il pouvait marier son fils à fille de conseiller ou d'argentier, et il choisit une belle jeune fille, pauvre et sage !...

— De sorte que l'anneau de paille, au doigt de cette belle enfant, aura menti ? — reprenait une commère ; — la Vierge est toujours vierge, et il sera béni le beau Jésus qui naîtra d'elle.

— Voyez-vous, — criait, sans s'embarrasser des mauvais voisinages, un hardi martinet ; —

voyez-vous comme ces Guise sont de bons et sages princes !.... le peuple n'a pas de pain, et, pour l'empêcher de bâiller, il lui donne en spectacle un écolier qui brûle !... Le parlement, sous sa robe de juge, a l'âme d'une vieille gueuse ; les princes lorrains sont des empoisonneurs et des voleurs ; ceux de la cour sont tachés du vilain mal, par courtoisie pour le roi François qui a les écrouelles ! Je soutiens mon dire, et je mets ma dague dans la gorge du premier qui me démentira. »

Des rires, des battemens de mains accueillaient ces factieuses paroles ; mais celui qui les prononçait et la foule qui les applaudissait, n'en suivaient pas moins, inoffensifs, le chemin du Pré-aux-Clercs, où se préparait un supplice. Les gouvernans se préoccupent peu de cette hostilité négative qui ne bat que l'air, de cette force qui se gaspille en vain bruit.

Et sur le Pré-aux-Clercs, en face du Louvre,

s'élevait un grand bûcher, dont la base était composée des charpentes charbonnées, débris des maisons brûlées par Crocoëzon. Le peuple et l'armée se coudoyaient sur cette vaste plaine ; mais le peuple consentait à laisser faire, pourvu qu'on le laissât voir.

Le Recteur de l'Université de Paris avait transmis au cardinal de Lorraine ce laconique billet de Ramus :

« Si les écoles ne sont point admises à adres-
» ser leur adieu à Baptiste Crocoëzon, les écoles
» mettront le feu à la ville : si cette consolation
» leur est accordée, je conduirai le cortége, et
» le parlement n'aura à se plaindre que de nos
» larmes et de notre muette douleur. »

Le cardinal s'en rapportait à la foi du directeur de Presle ; de sorte que dans le même moment où Baptiste Crocoëzon montait sur le bûcher, tous les enfans de l'université, Ramus à leur tête, venaient former une épaisse ceinture autour de l'échafaudage ; pas un écolier ne resta debout, tous s'agenouillèrent.

Le prévôt de Paris permit à six personnes de monter les degrés et de stationner quelques instans sur le léger plancher, unique obstacle à la flamme. Le bourreau se recula derrière le poteau, dernier point d'appui de la victime ; il relâcha un peu la chaîne, et Crocoëzon put embrasser Ramus et Anastase : il aperçut Maguelone, Jean Gabiou et le drapier Beauchêne, tous trois agenouillés sur la plus haute marche, et leur adressa un sourire plein d'un tendre adieu ; puis ramenant sa pensée vers ses deux plus vives affections, il dit d'une voix calme :

« Maître !..... illustre Ramus, ne pleurez point... il naîtra un bien de la mort de Crocoëzon : les insolens abbés de Saint-Germain sont avertis... N'oubliez ces paroles que vous me redisiez souvent les jours où il y avait un feu sur l'Estrapade : « Il faut une dispersion de la lu-

» mière, un mélange qui porte dans la Cimbri-
» que l'esprit du Latium. » Flammes du bûcher,
cendres des morts, chassées par les vents, sont
de bons porteurs d'avis!..... Maître, je vous
aimais comme un bon fils aime son père, bé-
nissez-moi. » Il inclina sa tête, et Ramus, désolé, lui imposa les mains avec une onction qui
fut comprise par les écoles; plus de huit mille
voix dirent comme une seule :

« Béni soit notre Baptiste Crocoëzon! »

L'intrépide jeune homme, dans un long regard, recueillit toutes ces douleurs fraternelles
qui s'adressaient à lui, et leur répondit en portant
la main sur son cœur.

« Anastase, dit-il ensuite, j'ai voulu ta joie
en ce monde, prie pour mon repos dans l'autre. Je vois sur cet escalier une Maguelone et
deux vieillards qui pleurent.... mais quelle est
derrière toi, cette femme voilée?... hélas! je ne
me sais ni sœur, ni mère! »

Cette femme qui s'était tenue à l'écart sur l'échafaud, s'avança alors, releva son voile....

« Glorienne Macou !... — s'écria le pauvre condamné ; et à Ramus, avec une timidité toute naïve, avec un sourire mélancolique : — il faut bien qu'à cette heure je m'en confesse à vous, Maître : les attachemens de *Gargantua* pour sa femme *Badebec*, m'avaient séduit l'esprit et brûlé l'âme ; j'ai voulu connaître ce grand bonheur des esprits oiseux, l'amourette, et petite Glorienne Macou s'est offerte à moi certain jour de congé et de beau soleil... Permettez que la mignonne verse une larme de chagrin auprès de moi, qui, si souvent, lui en fis répandre par folle joie... Glorienne, approche : pauvre folle fille ! enfant dont la chambrette fut mon paradis sur terre, tu viens voir comment ton Baptiste va monter au ciel ?.... en cendre et en fumée, petite Glorienne !.... Ce gai visage qui fut tant effleuré par la soie de tes joues, ce corps qu'enlaçaient avec effort les petits bras amoureux, ce Baptiste enfin, dans un instant, va s'en aller par les airs, cendre et fumée, je te l'ai dit, représenter la gloire humaine; puis il tombera, poussière refroidie, tout éparpillé sur la terre... »

Glorienne poussa un cri déchirant et leva ses yeux désespérés sur son amant : Crocoëzon la baisa doucement au front.

« Adieu! — lui dit-il d'une voix troublée, — adieu! fais pénitence; et si parfois tu te sens trop étreinte par les nécessités de la vie, présente-toi chez cet ami que tu vois près de moi, tu n'auras que ces mots à lui dire : « Je fus la » Glorienne Macou de Baptiste; » sans plus attendre, Anastase t'ouvrira son escarcelle, et sera prodigue de bontés pour toi... Adieu, jolie petite Glorienne, adieu! »

La jeune fille comprit, par l'expression du dernier adieu, que le condamné voulait se recueillir dans des pensées plus sérieuses ; elle fit retomber son voile, se recula en chancelant, descendit de l'échafaud..... la foule lui livra passage.

« L'heure va sonner, — reprit Crocoëzon, d'une voix toujours ferme, mais plus grave ; — l'odeur des torches allumées monte jusqu'à moi... je touche à la frontière de la vie !... Adieu à tout ce que j'aimais, à tout ce que j'aurais aimé ! adieu à la ville d'Amiens, pays des honnêtes femmes, et ma patrie !... Maître Ramus, Anastase, embrassez-moi... J'entends le bourreau qui, d'impatience, fait claquer sa langue... il a le tic de François de Guise : vil flatteur !...

— Mon enfant ! — cria Ramus.

— Mon frère ! » cria Beauchêne.

Le bourreau fit signe à Ramus qu'il voulait lui parler, et lui dit à l'oreille :

« M. Crocoëzon a tort de me maudire... j'obéis et ne lui veux pas de mal... Pour l'amour

27..

de lui, de vous, des écoles, et du bon Dieu,
j'empêcherai qu'il sente le feu, je l'étranglerai
auparavant... » (1)

Pierre Laramée se courba sous le poids de
cette épouvantable grâce ; puis saisissant dans
ses mains la tête de son Baptiste, il la couvrit
de baisers et de larmes : Anastase étreignait son
ami... On entendait des cris et des sanglots dans
la foule.

« Mon Dieu ! — cria Crocoëzon, ébranlé par
cette crise de douleur, — ne me quitte pas, de
peur que je ne te quitte ! »

Et aussitôt la psalmodie mortuaire bourdonna
autour de l'échafaud ; les aides du bourreau
aidèrent Ramus et Anastase à descendre.

Le bois pétilla, la fumée monta ; détournée

---

(1) *Toutefois, par grâce, on l'étrangla avant que
de sentir le feu.* (Chronique.)

DUBREUIL. — *Antiquités de Paris*, page 295.

un instant par le plancher, elle forma d'abord une vaste tour noire et mobile qui enveloppa l'exécuteur et la victime... un coup de vent la chassa, mit à découvert l'échafaud ; le bourreau n'y était plus, et la foule s'aperçut que la tête de Baptiste Crocoëzon était affaissée, morte, sur ses épaules... c'est alors que le feu l'atteignit.

———

(1) « Je ne puis passer sous silence la charité
» des escoliers envers ce pauvre Crocoëzon; du-
» quel, après le partement de messieurs de la
» justice, sergens et archers de la ville, ils ti-
» rèrent du feu les ossemens, et les portèrent
» enterrer en la prochaine chapelle de Saint-
» Père (qui est Saint-Pierre), où aussi furent

(1) DUBREUIL. — *Antiquités de Paris*, page 295.
  CREVIER. — *Histoire de l'Université*.

» dites plusieurs messes et vigiles pour l'âme du
» défunct, de l'argent qu'un fidèle escolier avait
» questé et colligé dans son chapeau, du peu-
» ple assistant à ce supplice. »

LE TIGRE.

XXIV

C'était le lendemain de l'exécution de Baptiste
Crocoëzon : François de Guise était en son hôtel,
et attablé, seul, en prince bien vivant, devant
un copieux déjcûner richement servi en belle

orfévrerie; droits, vis-à-vis du duc, se tenaient trois hommes, un prêtre entre deux archers.

« Ah ! moinillon, — murmurait François de Guise, en avalant une forte rasade, — tu t'attaques à la maison de Lorraine !.. tu maries un de mes pages avec la litière de ton abbaye, et peu content de cela, tu t'en vas le tuer en sa propre maison !... et tu t'imagines qu'un parfait catholique comme moi, laissera impunis la félonie et l'assassinat !... Valbomel, abbé, est ton patron, il t'a ordonné prêtre ?... c'est bien fait; mais par mon ordre tu vas aller en procession et la corde au cou... Clérot, ouvre la fenêtre... Regarde, Moine, le temps est beau, la terre est sèche..... tu ne mouilleras pas ta chaussure. — Guise était pâle de colère. — Ton nom ?

— Fra-Jéronimo, — répondit en grinçant des dents le curé de Sainte-Marine.

— A quel ordre religieux appartient l'insolente figure que tu portes ?

— Je suis prêtre, — répliqua rudement le favori de Valbomel, — prêtre et chapelain de Sainte-Marine.

— Tu mens ! car il y a deux jours tu avais sur les épaules une robe dont je te présente un morceau... il a été trouvé dans la main du malheureux page égorgé par ton poignard.

— On a menti, Monseigneur... et si un soupçon pouvait m'atteindre, j'en devrais compte à une cour d'église.

— Bien parlé, drôle, si tu parlais devant un bailli... mais devant François de Guise, c'est autre chose !.. Tu me rappelles un mot plein de sens de ce Baptiste Crocoëzon que j'aurais aimé de bon cœur : « cour d'église ! — disait-il au par» lement, — mauvaise porte de justice ! » Non, non, mons Jéronimo, nous ne perdrons pas le temps en écritures, ni plaids... il faut que j'aille à Blois... Faites entrer mon vieil ami. »

La porte s'ouvrit, et le baron de la Bourca-

dière, décrépi, le corps ployé en deux, la barbe
en désordre, les yeux gonflés et vitrés, s'avança,
se soutenant à peine.

François de Guise, stupéfait à la vue de cet
ancien serviteur si cruellement mutilé, en trois
jours, par le chagrin, poussa une exclamation
douloureuse, se leva précipitamment, soutint le
vieillard, et, malgré sa résistance, le fit asseoir
dans son propre fauteuil.

« Que me voulez-vous, Monseigneur ? — demanda le baron d'une voix éteinte.

— Vous voir, mon bon compagnon.... vous
embrasser, vous consoler.

— Inutile, Monseigneur, inutile... j'ai, ce
matin, demandé vengeance au jeune roi et à la
reine Marie, tous deux m'ont repoussé!... Mon
fils est tué! — il se couvrit le visage avec ses
mains, le duc regarda Jéronimo, le hardi moine
souriait; — ma maison est brûlée, anéantie, —
reprit le baron; — je n'ai plus que les caves de

mon manoir pour y choisir une sépulture... ce que je vais faire!... Un soldat de François Ier mal écouté et méprisé par François II !

» L'amiral de *Penhouet* eut raison de dire, lorsque Charles VII appela le duc de Bretagne, Jean V, à son secours :

J'ai toujours remarqué que les rois de France n'ont jamais failli, dans la mauvaise fortune, à demander le secours de leurs voisins, même à quêter l'amitié de leurs sujets ; mais qu'au jour où le beau temps se déclarait, on ne reconnaissait plus leur amitié, si prometteuse et si chaude durant la tempête. (1)

Le baron, épuisé par cette allocution prononcée avec colère, s'affaissa sur lui-même et se tut.

« Vois-tu, la Bourcadière, s'écria le duc de

(1) 1425. — *Histoire des Ducs de Bretagne.*

Guise, en faisant un signe imperceptible aux deux archers, qui, comme deux chiens d'arrêt, étaient suspendus à ses yeux et à ses lèvres; — vois-tu, mon vieux compagnon, tes paroles me déchirent l'âme... quoique je ne sois pas complice dans cette ingratitude. Quant à ton manoir, j'y songerai... quant à ce Timoléon, mon page!...— le duc fit claquer sa langue, fit tinter sur la mosaïque la molette d'or de sa bottine, et donnant à sa voix une accentuation saccadée et criarde: — ah! le petit roi, mon neveu, te refuse protection?... la Bourcadière, ranime-toi, et regarde-moi bien en face ce prêtre que voici...

— Je ne le connais pas! — dit le vieillard.

— C'est l'assassin de ton fils!

— Le moine Fra-Jéronimo! — s'écria le baron, ranimé par un souvenir.

— Qui mettrons-nous à la place du chien mort et sous mon camail? » demanda le hardi chapelain de Sainte-Marine, sans baisser ni les regards ni la voix.

La Bourcadière se leva, porta la main sur la garde de son épée, voulut crier une menace.... un resserrement spasmodique lui coupa la parole, tous ses muscles tremblèrent, sa langue se glaça, il retomba anéanti.

« Par qui prétends-tu être jugé? — demanda le duc de Guise à Fra-Jéronimo.

— Par une cour d'église, Monseigneur.

— Il ira la corde au cou... passez-lui la corde.

— Mais, Monseigneur, la peine avant le jugement !...

— Moindre inconvénient, si elle n'arrive qu'après le crime... Mon vieil ami, ils m'ont appelé le tigre? *voilà de quelle viande je me repais!..* (1) Qu'il parte. »

(1) « Le duc de Longueville, qui a épousé par force » la fille aînée des Guise, envoya savoir des nouvelles

Fra-Jéronimo se retournait vers la porte; mais tout-à-coup il perdit pied, fut lancé par la fenêtre..... à une toise au-dessus du sol, la corde s'arrêta brusquement, et, de la secousse, le tua.

« Ami, dit le duc avec calme, la justice du roi, absente, tu as trouvé celle de François de Guise.

» du Duc; celui-ci était à dîner. — Je me porte bien, — » répondit-il; — demeurez et verrez de quelle viande » je me repais. — Il fit venir un homme; on l'attacha » par le cou à la fenêtre de la chambre, et on le lança » au-dehors. »

L'historien de François II,

REGNER DE LA GRANGE, page 216, 1 vol. in-12.

CONCLUSION.

XXV

On parla à la cour du mariage de Maguelone et d'Anastase.

« Ah ! dit François II , cette jeune fille déjà mariée dans Sainte-Marine avec ce jeune page que j'ai jeté du haut de l'échafaud, devant Notre-Dame !

— Chatelard, dit Marie Stuart, réprimant un sanglot et un cri de colère, — lisez-moi l'*Hymne de la Mort*, noble poésie de M. Ronsard. » Le gentil Chatelard, descendant de Bayard et gentilhomme du connétable, s'assit avec adresse aux pieds de la reine, la regarda... et commença sa lecture.

Ruggieri, cet astrologue confident de Catherine de Médicis, étudia ce regard, le comprit, et bravant toute crainte :

« Chatelard, pour ton salut, ne lis pas deux fois cette épître. (1)

— Qu'est-ce à dire? demanda Marie Stuart avec étonnement.

---

(1) Chatelard, étant en Écosse, se cacha dans l'alcôve de Marie Stuart, et tenta de la violenter. La reine le fit juger et condamner à avoir la tête tranchée.

« Et le jour venu, — dit Brantôme, — avant mou-
» rir, prit en ses mains l'hymne de la mort de M. Ron-
» sard... ne s'aidant autrement d'autre livre spirituel.»

— Ceci vous avertit, notre Reine, que par l'effet de vos beaux yeux, mal d'amour voudra mal de mort.

— Il dit vrai ! — s'écria Marie épouvantée.

— On mit ce matin, en sépulture, le page Timoléon et son père, — continua Ruggieri, méchamment; — la maison fut ensevelie avant le maître, (1) — ajouta-t-il avec une indifférence affectée.

---

(1) Le manoir de la Bourcadière a été oublié; sa tour est restée une tradition du pays, parce qu'un débris se maintint debout jusque vers le milieu du règne de Louis XV. Alors la forêt avait déjà été décimée; une grande et belle route, allant de Versailles à Choisy, nécessita une entaille dans le massif, et le terrage de *Vandetard,* dépendance de l'ancien manoir, devint lisière de cette route.

Aujourd'hui, les ruines de la Bourcadière sont voilées par des ronces : elles prennent le nom de *la Boursilière.* L'origine de cette corruption doit être attribuée à ce que des malfaiteurs s'établirent sous les décombres de la tour et du manoir, et y trouvèrent une retraite

— Chatelard, lisez, c'est le moment, — dit Marie Stuart avec une poignante émotion.

— Pauvre Chatelard! » dit l'astrologue en s'éloignant.

Ruggieri, créature à double jeu de Catherine de Médicis et de Marie d'Angleterre, était l'ennemi salarié de Marie d'Écosse, et le complice de *Grégor*, le valet de chambre empoisonneur.

d'où ils s'élançaient sur les voyageurs, au temps où cette route était si fréquentée.

J'aurais désiré pouvoir obtenir de M. l'Intendant général de la liste civile une fouille sous les ruines de *la Boursilière*. Du reste, j'adresserai des remercîmens à *M. Mariton*, archiviste de la Couronne, qui, avec une rare obligeance voulut bien faire des recherches, malheureusement infructueuses de ce côté. Je dois à un vieux manuscrit du seizième siècle, les renseignemens dont nos archives n'ont pas conservé la trace.

H. B.

FIN DU SECOND ET DERNIER VOLUME.

TABLE

DES

MATIÈRES DES DEUX VOLUMES.

───────

TOME PREMIER.

TOME SECOND.

IMPRIMERIE DE R . . . . ET.

par de Balzac,

Auteur de *la Physiologie du Mariage*, du *Père Goriot*, etc.

(Sous le pseudonyme de HORACE DE SAINT-AUBIN.)

JANE LA PALE. 2 vol. in-8°. . . . . 15 fr.
LA DERNIÈRE FÉE. 2 vol. in-8°. . . . . 15 fr.

Nota. Tout le monde sait que M. DE BALZAC, lors de la publication de ses premiers ouvrages, avait adopté le pseudonyme de HORACE DE SAINT-AUBIN; c'est sous ce nom qu'ont paru *le Centenaire*, *le Vicaire des Ardennes*, *Clotilde de Lusignan*, *Annette et le Criminel*, premiers ouvrages qui ont commencé la réputation de cet écrivain qui a tant grandi depuis.

Tous ces ouvrages paraîtront successivement, et seront compris sous le titre général de : ŒUVRES DE M. HORACE DE SAINT-AUBIN.

EN VENTE :

GAULE ET FRANCE, par ALEXANDRE DUMAS (édition à 3 fr. 75 cent.). 1 vol. in-8°. . . . . 3 fr. 75 c.
GRENADIER (LE) DE L'ILE D'ELBE, par BARGINET, de Grenoble. 2 vol. in-8°. . . . . 15 fr.
PHYSIOLOGIE DU MARIAGE, par de BALZAC. 2ᵉ édition., 2 vol. in-8°. 15 fr.
UN SECRET, par MICHEL RAYMOND, auteur des *Intimes* et de *Simon le Borgne*. 2 vol. in-8°. . . . . 15 fr.
HENRI FAREL, roman alsacien, par LOUIS LAVATER, auteur du *Nouveau Candide*. 2 vol. in-8°. . . . . . . 15 fr.
MÉMOIRES DE LORD BYRON, publiés par THOMAS MOORE, et traduits par Mᵐᵉ BELLOC. 5 vol. in-8°. . . . . 37 fr. 50 c.
L'AMIRANTE DE CASTILLE, par Mᵐᵉ la duchesse d'ABRANTÈS. 2 vol. in-8°, vignettes, ... 15 fr.
LES CONCINI. 1610-1617, par M. BRISSET, auteur du *Mauvais Œil*. 2 vol. in-8°. . . . . 15 fr.
MÉMOIRES DE MADAME DUBARRY. 6 vol. in-8°, ornés d'un portrait gravé. . . . . 45 fr.

www.ingramcontent.com/pod-product-compliance
Lightning Source LLC
Chambersburg PA
CBHW070800030726
47504CB00003B/623